Je t'aime

Elga Dekra

Je t'aime

Roman

LE LYS BLEU

ÉDITIONS

© Lys Bleu Éditions – Elga Dekra

ISBN : 979-10-377-1703-0

« Il faut se décider : ou bien on vit avec quelqu'un, ou bien on le désire. On ne peut pas désirer ce qu'on a, c'est contre nature. »

« Être seul est devenu une maladie honteuse. Pourquoi tout le monde fuit-il la solitude ? Par ce qu'elle oblige à penser. »

Frederic Beigbeder.
L'amour ne dure que trois ans.

« Les histoires d'amour, ça commence bien, ça finit mal. Avant je t'aimais maintenant j'rêve de te voir imprimée de mes empreintes digitales »

Orelsan.
Sale P*te

Du balcon, j'la r'garde partir.

Une voiture vient la récupérer, sa mère, sa sœur, son père d'ici, j'vois pas qui conduit, la portière s'ouvre, j'vois son pied qui dépasse, la porte se claque, la voiture démarre. C'est la dernière fois que j'verrais sa paire de Nike, des Airmax blanches, j'crois. Nos regards remplis d'eau se croisent avant que j'la perde de vue.

J'cherche même pas à la retenir, c'est peut-être mieux comme ça, elle l'a choisi, je n'ai rien à ajouter.

Voilà, j'suis seul, j'me trouve avec moi-même et j'sais pas quoi me raconter, face à moi, le peu de meubles qui me reste remplit la pièce. J'ai l'impression que pendant un bout de temps, la seule personne qui me répondra dans cette baraque sera mon écho.

1

Encore une fois, j'me retrouve dans cette putain de ville. J'laisse passer le tramway doré. Je l'entends rire quand le tram klaxonne et je vois nos souvenirs partir au fond de la ligne 4. J'sais pas où elle est, j'sais pas ce qu'elle fait. J'ferme les yeux et je souffle. Le ciel tourne au rose, l'air est frais. C'est agréable. Je parcours la ville, seul, avec mon sentiment d'abandon qui au moins, lui ne me m'abandonnera jamais. En vrai, c'est chiant, même les tags que j'ai faits me remémorent des souvenirs, ils vivent sans moi, ils font parler les gens et font chier les commerçants et finissent par me faire chier, moi.

Quand j'arrive à la place des beaux-arts, le kebab qui nous filait mal au bide quand j'étais au bahut n'est plus là, quel dommage, je me serais bien envoyé une salade-tomates-oignons à m'en coller la chiasse pendant des heures, ça m'aurait donné une excuse pour ne pas aller à mon rendez-vous.

J'déconne, j'vais pas annuler parce que j'me chie quand même.

Surtout pas elle.

J'me pose à un bar au hasard. Je préfère éviter ceux où l'on avait nos petites habitudes, afin de me préserver. En attendant l'arrivée de celle qui me la fera oublier pour la soirée, je lis un bouquin ou du moins, je regarde les mots et me perds dans mes pensées. J'sais même plus à quoi elle ressemble, ça fait un bail

11

que j'ne l'ai pas vue. J'crois qu'elle fait ma taille. Elle est brune, ça, c'est sûr.

Ah, bah j'la vois au loin. Pas mal, petit leggins, petit haut moulant énervé. J'suis frais. Elle s'approche, j'lui claque la bise. Sourire en coin.

On entame la discussion.

*

Je m'oublie dans ses yeux, dans ses mots, j'te cache pas, j'ai hâte de me perdre dans ses ch'veux. C'est dur de t'oublier entre les cuisses d'une autre. J'l'écoute parler mais je ne percute pas ce qu'elle me bave. J'crois qu'elle me parle de sa fascination pour les accidents de voiture, c'est bizarre mais je comprends que c'est la manière dont les corps se déforment qui la fascine. Peut-être le sien mais je ne la connais pas assez pour savoir.

Je ne compte pas la connaître davantage. Plus en profondeur oui, mais pour le reste, je n'en ai rien à foutre.

Ses mains ont l'air si douces et délicates pour qu'une fille comme elle parle de tels sujets. Je ne suis pas à l'aise avec les accidents de voiture, elle, elle y perçoit un érotisme. Ses doigts se tordent en mimant ce qu'elle ressent pour que je comprenne. J'pige rien, je n'arrive pas à l'écouter, je ne regarde que ses yeux. Ses lèvres, quant à elles, s'occupent à choisir les mots avec justesse. Dans ses yeux, j'vois la passion qu'elle porte aux corps qui se mélangent.

Silence.

Son sourire gêné me plaît. J'la regarde sans parler. Je ne pense pas que ce soit de l'amour.

Je suis sûr que ce n'est pas de l'amour.

*

Au bout d'un moment, on décide de décaler du bar. J'lui paie ses coups à boire.

On marche dans la rue.

Encore des tags. On arrive devant sa porte. Elle m'invite à prendre un dernier verre. Classique. En attendant qu'elle sorte ses clefs, j'sors mon marqueur et je fais un tag sur l'interphone de son immeuble. Té, ça, faisait longtemps. Dernier étage, c'est relou, je passe derrière elle, gentleman oblige, quelle bonne excuse, la galanterie, pour mater un boule en leggins. Dans la montée, on ne parle pas l'un comme l'autre, nous sommes conscients du virage que va prendre la soirée, je l'entends respirer, je m'enivre du parfum qu'elle laisse dans les escaliers.

Une porte s'ouvre sur un petit appart. C'est son petit cocon. Son canapé, qui lui sert aussi de lit, trône au centre de la pièce face à lui un écran de télé. De sa fenêtre, on voit le tramway.

Ligne 4 forcément.

On papote, on boit du rouge, elle sort un DVD de Fight Club. Film ultra cliché pour attraper une meuf. Mais quel chef-d'œuvre !

Le film commence.

*

Je pose ma main sur sa cuisse, je commence à lui caresser l'intérieur, elle s'arrête de bouger. Peut-être que je vais trop vite, j'sais plus comment on fait, moi, c'était tellement facile pendant 9 ans avec la même meuf. Tous les codes sont acquis, on sait quand on baise, on sait quand on ne baise pas. Je retire ma main mais je sens que son regard est toujours posé sur moi. Mon cœur bat dans mon crâne. Je tourne la tête, elle profite de ce moment pour m'embrasser. Ce qui me frappe en premier, c'est son goût. Toutes les meufs ont des saveurs différentes. Elle passe sa jambe

13

droite par-dessus moi en enlevant mon t-shirt. Sa bouche continua de manger la mienne. Sur ses coups de hanches, je compris qu'elle voulait que j'lui repaye un coup. Je la sentis humide à travers son leggins, le film n'avait plus aucun intérêt mais ça me rassurait de l'entendre en fond sonore. J'ai bien peur qu'il me faille mes deux mains pour attraper sa poitrine, elle remonte son crop-top juste ce qu'il faut pour laisser apparaître le bout de ses seins. Je la penche sur le canapé.

Ma braguette s'ouvre comme par magie, sans que je n'aie rien à faire. Avec ses mains, elle attrape mon sexe. Avec sa bouche, elle attrape mon gland. Avec son regard, elle attrape le mien.

Sur la télé, c'est le passage du film où Tyler Durden apparaît.

Je l'attrape par les cheveux. Ses doigts glissent le long de mon torse. Son haut est à moitié enlevé, elle ferme les yeux et s'affaire à la tâche. Il ne me reste plus qu'à attraper un préservatif dans ma sacoche, et ce, sans venir, c'est dur. En voyant que je galère, elle ne me dit rien et sort une capote de sous sa table basse. J'enlève mon pantalon et pendant qu'elle ouvre le paquet, je la déleste aussi du sien. Je reste ébahi devant ses hanches, je vais pour lui embrasser le ventre, elle me surprend à mettre le préservatif avec sa bouche. Je sens sa gorge toute chaude. Je me retire, la retourne et la fourre.

Notre ombre sur le mur donne le rythme à suivre, une main sur la bouche, l'autre qui attrape son cul. Les coups se font de plus en plus profonds, je la retiens de faire du bruit. La capote, c'est chiant. Elle veut que je l'enlève. J'ne sais pas qui est cette meuf, mais je m'exécute. Il n'y a plus rien entre nous. Son regard n'est plus le même. L'accès à ses cuisses est libre, je m'engouffre en elle, sa peau contre la mienne. J'entends le bruit du tram. Je suis perdu dans ses cheveux. J'laisse courir ma bouche entre ses seins qui rebondissent sous mes coups de reins.

« Cogne-moi. » m'envoie-t-elle.

C'est déroutant cet ordre qu'elle m'envoie. Où veut-elle que je la cogne ? Sur le visage ?

« Gifle-moi, putain. »

Je m'exécute. Ma main claque sur sa joue. Elle gémit.

J'hésite.

J'pose une main sur son cou. Je serre. Elle râle de plus en plus. La tension dans ma poigne s'intensifie avec mes coups de bassin. Elle devient toute rouge. On dirait qu'elle aime ça. J'enlève mes mains de sa gorge.

« T'arrête pas. »

Je lui escampe une autre gifle, elle commence à gueuler son plaisir, j'suis pas habitué mais j'donne tout, j'la besogne tellement que j'en ai un point de côté, on gesticule comme un cafard bloqué sur le dos.

Maintenant, c'est son visage qui n'est plus le même, elle me fait perdre l'équilibre et je me retrouve sur le dos. Pendant qu'elle me monte dessus, elle s'attache les cheveux. Enfin, elle essaye, j'aime bien l'empêcher. C'est marrant. D'un coup, le rythme change, c'est elle qui donne le pas. Face à face, yeux dans les yeux. Quand elle se penche en arrière pour prendre appui sur ses bras, son visage disparaît derrière ses seins, au fur et à mesure qu'elle se caresse sa respiration augmente. Mes mains se baladent de sa poitrine à ses fesses, elle revient sur moi, son regard en dit long, elle me griffe le dos, coups de reins de plus en plus rapides, les bruits de nos ébats se mélangent avec les bruits de Tyler qui se bat.

Deux corps qui se battent, deux autres qui baisent, deux voitures qui s'entrechoquent, finalement, c'est cyclique, toujours la même chose. De la chair, des mouvements, du sperme, du sang, des cris, des coups. J'me retire pour la laisser se mettre sur le ventre. Ça commence à m'exciter sa connerie d'lui mettre des gifles.

Elle jouit.

J'réfléchis trop putain, j'ai pas fini avec elle. J'me mets debout, elle s'accroupit devant moi. Elle reprend mon gland en bouche. J'ai jamais vu une meuf s'appliquer autant à ne donner qu'un plaisir égoïste à un pauvre type. J'lui attrape la tête pour faciliter les va-et-vient dans sa gorge. Son visage vire à l'écarlate, de la bave sort de sa bouche, elle n'arrive plus à déglutir comme il se doit mais son regard reste le même qu'à table. Et puis merde.

Je jouis le regard plongé dans ses yeux.

J'entends le bruit du tram.

J'me laisse tomber sur le lit.

Épuisé.

J'me tourne sur le côté.

J'me mets à chialer.

Putain.

Les larmes coulent de voir le tramway s'en aller encore et encore dans l'indifférence la plus totale de nos vies broyées par ses allers-retours. Dur de voir nos corps se fatiguer bien plus tôt que l'alchimie passionnelle qu'on avait. J'ai salopé les draps avec mon foutre et mes larmes, tout un tas d'émotions dans son pieu. J'm'étais promis de te réserver mon éjaculation. Faut que j'me rhabille. J'vais pas rester là. T'façon, elle dort déjà. Et moi, je sais que je ne suis pas prêt à dormir. Enfiler caleçon et pantalon, refermer ceinture, ramasser t-shirt, pull, veste et j'me barre sans la regarder. J'ferme la porte, je ne laisse pas de mot et j'm'enfonce à travers la brume qui étouffe la lumière des épiceries de nuit encore ouvertes.

2

Les yeux vers les nuages, le ciel est beau. J'viens de marcher dans la merde.

*

14 h 8, j'suis perdu dans la ville.

Je tombe nez à nez dans une rue, longeant la voie ferrée. Une boutique avec une grande baie vitrée reflète le soleil qui cache partiellement les tabourets qui se trouvent derrière. Juste à côté le même genre de vitrines, j'regarde le long de la rue, il n'y a que des devantures remplies de femme en sous-vêtements. Je lève la tête en direction d'la plaque qui indique le nom de la rue.

Rue d'Aerschot.

OK, la plus célèbre rue à putes d'Europe. J'm'enfonce dans cette allée. Les seules femmes qui s'y trouvent dansent derrière les vitrines et les hommes se trouvent devant à les regarder. J'en profite pour me rincer l'œil aussi. Putain c'est pas les vieux tapins de campagnes, là, c'est que des femmes de l'Est avec le boule le plus beau et la paire de seins la plus fausse que je n'ai jamais vue. Que de fausses poitrines certes mais ça donne envie de s'y jeter dedans. J'm'arrête devant une fille, elle me sourit et me lâche un regard qui me fout le feu.

Merde.

J'me vois sourire bêtement dans le reflet de la vitrine. Elle est blonde, d'habitude je n'aime pas les blondes mais son sourire m'a conquis. Sa poitrine aussi. Bon c'est clair que ce n'est pas difficile de se faire sourire vu toutes les têtes éclatées qu'il y a dans cette rue dès que tu ne ressembles pas à un cadavre ambulant tu as droit à ton petit sourire. J'sais même pas combien c'est le tarif, j'ai la dalle sa mère en plus putain.

Bon, j'ai l'après-midi pour trouver des ronds. Ce soir, j'retourne la voir mais en attendant, me faut de la caillasse c'est la fin du mois, j'ai les crocs, j'vais encore plus tourner en ronds sur l'oseille. Tellement j'suis au bout d'avoir les poches vides, j'pourrais faire n'importe quoi, mettre un coup de schlass à un pelo, l'argent avant la vie.

*

À force de marcher dans ma gamberge, j'me suis même pas rendu compte que j'avais fait 3 arrêts de tram à pied dans cette rue. Entre les arnaqueurs au bonneteau et les carcasses saoulent qui font la queue devant les vitrines. Ils passent les uns après les autres, pour vider leurs désespoirs à l'intérieur de ces pauvres femmes. Rien qu'imaginer, leur visage transpirant la peine et l'alcool, se déformer en labourant l'boule des Roumaines, j'ai envie de dégueuler.

J'traverse la route, j'laisse passer une Merco flamboyante avec un gars qui ressemble à Tony Montana au volant. J'avoue chais pas s'il est d'la mafia mais en tout cas, il en a la dégaine cliché, lunette de soleil, chemise bleu clair, cigare aux lèvres.

*

J'arrive pile au bon quartier, celui des centres commerciaux et des bureaux, j'ai toutes mes chances de trouver une liasse de billets dans un sac négligé.

J'pense trop à l'argent ça me prend tout mon temps, il me faut d'la tune de suite, pas des techniques où je dois envoyer un CV attendre un entretien à la con pour peux être avoir un salaire dans 2 mois.

J'me jette dans le Boulevard Adolphe Max, Boulevard rempli de boutique Nike, Foot Locker, Fnac et qui forcément comporte son lot de personne qui se trimballe avec du liquide sur eux.

J'me pose, j'allume une clope en sirotant une canette, j'remarque un couple qui ressort les mains vides d'la boutique Nike. Ils s'arrêtent devant toutes les vitrines, ils regardent les produits les uns après les autres puis les prix. La meuf à son sac à main ouvert, parfait j'vais les suivre. Dans la densité d'la foule, j'peux passer inaperçu, j'regarde un peu les gestes que fait le mec, c'est lui qui a l'air de vouloir faire du shopping. Il pointe du doigt l'enseigne Adidas, autant ils vont s'arrêter devant, faut que je les rattrape. Comme prévu, ils matent les produits dans la devanture, je m'approche délicatement d'eux pour me positionner derrière elle. J'regarde la vitrine, j'mate les baskets, le plastique est bien verni pour être mis en valeur.

Merde le reflet.

Ils vont me voir dans le reflet. Elle range son sac et se retourne vers moi. Elle m'a vu dans ce putain de reflet. Je décampe aussitôt avant que son mec ne veuille m'casser les dents.

*

J'saute dans le métro, J'vais m'foutre à l'entrée juste après les portiques, 90 pourcent du temps les gens foutent leur carte de métro dans leurs portefeuilles, alors l'avantage de rester là c'est qu'on les voit la sortir pour passer les portiques et donc le ranger, il ne reste plus qu'as suivre celui qui la met dans un endroit facile à tapé. Cette partie est la plus longue. Attendre.

Attendre qu'une seule personne fasse une erreur.

Comme ce type-là habillé en North Face, il range son portefeuille dans la poche arrière de son jean, il faut toujours avoir une sacoche ou une banane, ne jamais laisser son oseille à la portée du premier venu. J'm'engouffre dans le métro derrière lui, il rentre dans la ligne 6, j'espère qu'il reste plus de deux arrêts sinon j'vais être descendu pour rien.

La rame arrive, j'monte dans son wagon, c'est blindé, super, j'suis juste derrière lui. J'pose mes deux doigts sur son larfeuille, deux doigts en pince comme les machines dans les fêtes foraines. Tout à coup, le conducteur freine brusquement, on est projeté à travers le métro, j'le pousse en suivant le mouvement et sort son porte-monnaie. J'le fourre dans ma poche direct et décale pour attendre le prochain arrêt.

J'me chie qu'il s'en rende compte. Il s'en rend compte, cherche son larfeuille, me regarde. J'fais style j'suis innocent mais c'est encore plus suspect.

Les graffs défilent, le tram fonce dans les couloirs obscurs et l'gars commence à vriller sur un pauvre mec.

« Rends-moi mon portefeuille. »

L'pauvre type se défend en disant que ce n'est pas lui.

« Qu'est-ce tu branles derrière moi hein ? »

Le tram s'arrête en station, ça se tire par le col, j'descends.

Voilà comment se sentir vraiment très con ?

*

Putain d'merde, le feu, 210 pelles et des poussières. j'suis refait, tu m'étonnes que le gars eût les nerfs, j'vais aller me payer un grec avec la carte sans contact pour fêter ça, et faire des courses aussi.

J'aurais de quoi graille cette semaine.

Ouais, ça vaut le coup de se sentir con.

*

Quand j'reviens dans la rue d'Aerschot, il fait nuit, ma ballade est rythmée par les néons, rose, bleu, rouge ou vert. J'me suis fait beau comme un camion, veste en cuir, jean noir, TN au pied, J'sens bon. Ce sont les mêmes vitrines que ce matin mais pas les mêmes meufs. Elles sont toutes aussi bonnes de toute façon certaines ont l'air d'être défoncés à la colle vu leur gueule toute pale. Pratique ces vitres pour voir la marchandise, tu peux voir ce que tu consommes, ses filles sont entreposées comme des vulgaires paires de chaussures, leur plastique est mis en valeur. J'vais trouver une raison de passer dans cette rue tous les jours, j'suis fasciné par toutes ses meufs, elles sont toutes plus belles les unes que les autres. Malgré ça, j'tourne en rond, j'ose pas y aller, j'ai des papillons dans le bide quand j'vois leur regard, j'fais l'aller-retour 50 fois devant les vitrines, j'ai l'impression d'jouer ma vie sur ce choix, mon cerveau culpabilise mais mes jambes me laissent dans cette rue, j'suis comme un gosse dans un magasin de bonbec, j'sais plus où donner de la tête.

Vas-y, faut j'me calme.

Calé sur le trottoir en face d'un club pour fumer un clope, j'sors ma Lucky Strike, j'l'allume. J'capte une travailleuse dans la vitrine en face de moi qui cherche à me choper le regard, encore une blonde d'ailleurs. Elle me fixe, je souris, elle sourit, c'est con j'suis gêné. Elle me fait le signe de « 4 », avec ses doigts. J'comprends 40 euros. Finalement, j'suis luxe, j'vais pouvoir m'acheter des bières et m'envoyer un tapin.

J'lui renvoie son « 4 », elle me fait « ouais », elle me sourit, me fait signe de traverser la rue avec sa tête, puis elle mime une fellation avec sa main, je rigole, j'm'avance vers la vitre. Elle m'ouvre la porte, je rentre dans sa boutique. Elle me salue.

« Alors Beau gosse, ça va ? »

Quand j'rentre l'odeur me frappe autant que la déco super kitch, néon, poster de palmier sur les murs et petit bar avec verre à cocktail dessus, ambiance Miami Beach quoi. J'suis au milieu des autres filles. Elles continuent à aguicher les types dehors, les mecs se collent à la vitre, la musique est forte, un genre de truc qui passe à la radio en ce moment.

Être de l'autre côté d'la vitrine m'angoisse, les mecs ont le regard qui veut t'baiser. On dirait que j'suis une paire de basket Nike qui va être enfilée par un gros panard qui pue le mort.

« Tu fais quoi pour 100 euros ? »

Ses yeux se plissent.

« Tu me plais bien toi. », m'envoie ma promise avec un accent Roumain.

« Je ne peux rien refuser à un si beau mec. »

Je suis sous le charme, j'vais venir la voir tous les jours. Faut j'économise sur mon RSA et sur la tirette, j'pense que si j'économise 2 euros par jour, j'peux venir la voir une fois par mois.

Elle me fait les yeux doux, ses dents sont si blanches, sont sourire si radieux.

Elle me prend par la main au fond de la boutique. Elle ouvre une porte et devant moi une petite chambre apparaît, rempli de miroir je remarque son sac à main posé sous l'évier en me lavant les mains, elle a un porte-clefs Donald, comme moi quand j'étais gosse. Une odeur de lingettes pour bébé remplit la pièce, et les lingettes elles, remplissent la poubelle au pied du lit recouvrant les emballages de capotes. Ce qui est sûr c'est que plus jamais je ne regarderais un nourrisson de la même manière. En m'avançant vers le lit, j'remarque que les capotes remplies sont aussi dans la poubelle, en plus il y en a une bonne dizaine on dirait, j'vais pas oser la regarder dans les yeux.

J'm'assois sur le lit. Elle me dit d'me dessaper, j'lui donne les tunes. Elle part. Je l'attends en calebars un bon moment.

Face à moi, y'a moi dans un miroir, j'vois mon reflet, j'ai des cernes et j'sais pas si j'suis blanc comme un cul par ce que j'suis fatigué ou si c'est la lumière qui me donne cette tronche. J'ressemble au chien dans les Tex Avery là, Droopy, j'ai la même gueule déconfite.

Et la même joie de vivre.

*

J'fixe mon reflet dans les yeux.
J'baisse les yeux.

*

Quand elle revient, elle me dit :
« T'es pas tout nu ? »
Ah ouais, d'accord, c'est l'usine. Elle met un minuteur comme celui que ma mère mettait pour surveiller le temps de cuisson des gâteaux. Elle se désape.
Qu'est-ce qu'elle est bonne !
« C'est parti pour une heure, mon chéri. »

Elle ouvre l'emballage du préservatif et me le pose sur le gland.

« Alors tu vis ici ? »

J'hoche la tête.

J'lui demande d'où elle vient, elle me répond :

« De Roumanie, me répond-elle.

— Et ça va, tu te plais dans cette ville ? »

Mais quelle question de merde pour une meuf qui doit sucer des bites pour vivres ! Elle rigole et me répond que oui.

« Tu trouves qu'il fait trop froid ici ? »

Elle sourit, plonge ses yeux dans les miens et lâche :

« J'suis trop chaude pour avoir froid. »

Elle approche sa bouche et aspire. Je ne bande pas encore, elle me regarde dans les yeux, mets des coups de langue énervée et a beau se déchaîner sur moi, j'sens rien. En même temps s'faire sucer avec une capote c'est un concept. Ses lèvres sur le latex font le même bruit que quand on frotte un ballon.

J'me regarde dans la glace.

Elle se couche sur le dos. J'la prends en missionnaire, c'est la première position, j'la bourlingue comme pas possible, elle simule des petits gémissements, j'ai peur que la capote craque, dès que je ressens trop de plaisir, j'me retire pour voir si elle m'a pas pété.

J'regarde son visage qui s'efforce de faire quelques p'tites grimaces par-ci par-là. J'me demande à quoi elle pense, a ses parents, sa sœur, son frère, ce qu'elle va faire après, fait chier,

j'sais pas, genre elle prend pas un peu son pied quand même, ne serait-ce qu'un tout petit peu. Ses yeux dans le vide elle se laisse tringler, j'ai honte et j'suis excité en même temps.

J'suis quand même exciter de ouf par ses faux seins qui rebondissent sous mes coups, même si en soit, ils ne bougent pas tant que ça vu leur quantité de silicone.

J'sors et me fout sur le dos pour qu'elle me grimpe dessus. J'prends son cul à deux mains, c'est fabuleux, sa tête reste figée, des petits bruits histoires de dire mais rien de plus. C'est con elle est si belle au naturel. J'ai envie de lui demander son prénom.

« Tu t'appelles comment ? »

Silence.

« Appelle-moi comme tu veux, grosse cochonne, sale pute, salope. Ce que tu veux. »

OK, déformation professionnelle.

Pas de réponse, elle continue à me sauter sur le sexe. Me bloque la parole avec ses seins refaits, de sorte que je ferme ma gueule faut croire.

« Remets-toi sur le dos. »

J'vais la finir à l'ancienne. J'me donne à fond, j'la regarde, elle se fait chier à mimer le plaisir. Elle prend ses seins en main et les remonte, j'sens que j'vais cracher, j'peux pas m'empêcher d'espérer que la capote est encore en place, j'me demande d'où vient cette meuf, comment elle s'appelle, j'accélère le rythme, je gémis, elle aussi du moins, elle fait semblant, je sens que ça peut venir. J'comprends pas, c'est si faux mais si bon, je remue les orteils c'est encore mieux, j'la vois qui se mords les lèvres, quelle bonne actrice, quels gros seins.

« T'as fini ? »

La minuterie sonne, j'pense à ma mère qui fait des gâteaux.

La tête dans les nuages, genre ça fait déjà une heure ? Y'a embrouille, c'est pas possible.

J'm'étale sur le lit. Elle se lève, direct, me file une lingette.

Je ne trouve plus ses dents si blanches ni son sourire si radieux mais j'ai été touché par la travailleuse soucieuse et délicate. J'ose pas lui demander d'infos sur sa vie, peux être qu'elle ne veut pas en parler où alors peux être qu'elle a envie qu'on s'intéresse à elle. J'fais les lacets de ma paire de TN.

J'sais pas.

Elle me fait la bise en me montrant la sortie.

J'reprends ma marche dans la rue. Comme vidé de tous mes maux. Mais la seule chose que j'ai vidée à part moi, c'est mon larfeuille.

Si le monde tourne rond, c'est sûrement grâce aux filles de joie, qu'on se le dise. Askip payer c'est tricher mais j'pense plus que payer c'est la tranquillité. J'ai pas envie d'arsouiller une petite juste pour la sauter, lui faire croire qu'elle me plaît, que j'm'intéresse à sa vie ni même de lui donner mon putain de prénom.

Pourquoi la prostitution choque alors que la société ordonne cet échange entre l'argent et le corps, si t'as pas d'argent pour payer un méfait ton corps va être mis en prison.

Alors qu'ici je viens, je choisis celle qui me plaît le plus, je paie, j'consomme et je ressors, tout comme dans une boutique Nike.

Le contact de la chair est apaisant, le plaisir de la peau comme anxiolytique.

Si j'avais connu l'accueil chaleureux des filles de joie dix ans plus tôt nombreuses sont celles qui n'auraient pas dû supporter mon manque d'affection. À toutes les filles que j'ai aimées avant.

*

Puis ça fait 15 minutes pendant lesquelles je n'étais pas seul.

3

La solitude c'est sportif, j'ai dû me branler 5 fois aujourd'hui, ça va, c'est raisonnable. J'me rappelle quand j'étais ado y'a un jour où j'ai réussi à me palucher 10 fois dans la même journée.

L'ennui, la solitude et le manque affectif c'est quelque chose quand même. J'vi seul, j'dois plus aller faire ça dans les chiottes, j'peux rester sur mon lit et laisser les mouchoirs s'entasser dans mon reste de bouffe chinoise. Pas besoin d'attendre que ses vieux dorment ou quoi que ce soit.

Bon, j'm'emmerde.

C'est reparti pour la 6e fois, j'baisse mon futal, j'ouvre mon PC, j'tape « Pornhub » dans la barre de recherches, la page d'accueil du site s'ouvre, j'fais défiler les vidéos et je clique sur l'image qui me plaît le plus.

Le nom de la vidéo c'est « Gigantesque compilation d'éjaculation faciale – Sans musique – (379 vidéos) ».

J'commence à me secouer.

La vidéo se lance sur la première faciale ya pas d'introduction, une meuf à genoux qui se fais gicler sur le visage en qualité HD, les éjaculations s'enchaînent, le foutre coule sur des seins, glisse sur des pupilles, s'écrase sur des langues et colle des veuchs.

J'me secoue, j'm'imagine des petits scénarios où j'me retrouverais à étaler ma semence sur le visage de la caissière de chez LIDDL.

P'tain, d'ailleurs, faut que j'aille acheter du lait demain.

J'me secoue de plus en plus vite, la vidéo sans musique c'est chelou on entend que des bruits mélangeant flux corporels et vieux gémissement d'un gars de 80 kilos qui pose sa teub sur la face d'une gamine de 18 balais qui pourrait être sa fille. Elle pourrait s'appeler Mélanie ou Laurie, elle a sûrement un daron qui s'appelle Antoine ou Daniel.

J'me secoue.

Internet c'est dingue on peut avoir des milliards d'infos sur toute notre planète, des photos de l'espace, on peut même visiter d'autres pays en restant assis sur sa chaise et nous, on fait des compilations d'éjaculation faciale.

J'me secoue.

J'm'emmerde.

Je bifurque sur une vidéo de Pascal OP, un incontournable du HARD.

Son truc à lui c'est d'se faire bouffer le cul par les meufs et d'leur parler comme des merdes.

« Alors ma videuse de couilles. »

« Regardez-moi cette sale chienne, gobe-moi les boules au lieu de parler va. »

« Sale pute. »

Je ne me secoue plus.

On voit dans le regard des meufs qu'elles n'aiment pas du tout s'faire parler comme ça, on voit que ces gros porcs les dégoûtent, on voit toute leur humanité dans leurs yeux avant qu'ils ne soient inondés d'amours.

Bref, j'vais pas y arriver.

Il me faut de l'aide, j'crois.

J'sors deuspi, j'vais m'envoyer une pute obliger.

P'tain mais c'est déjà 1 heure du mat, y'a plus de tram, j'vais devoir me coller le trajet à pied. Flemme, j'paie ma soirée, j'm'appelle un Ubber pool, ce genre d'Ubber où t'es plusieurs à l'intérieur chacun allant un endroit différent.

C'est moins cher mais tu mets 3 plombes avant d'arriver.

J'me ferais poser dans une rue adjacente pour éviter de m'afficher. En attendant la voiture, j'vais chercher des bières dans le night shop. J'prends des Lucky Strike aussi, j'sors le grand jeu ce soir. Le chauffeur n'est pas encore arrivé que j'ai déjà descendu 2 bières.

J'suis en bombe c'est chaud.

Appel de phare, il est là. Ses vitres teintées m'empêchent de voir s'il y a du monde à l'intérieur, j'ouvre la porte pour rentrer.

Deux petites en robes de soirée gloussent sur la banquette arrière. J'rentre avec ma bonne odeur d'alcool/tabac. J'lâche le sourire qui accompagne le « Bonsoir, mesdemoiselles ». Ça rigole. Ça s'envoie de grandes gorgées de vin blanc dans une bouteille d'eau en plastique.

« Vous allez où comme ça les filles ? ».

Ricanement.

« Dans une soirée chez des potes. », me répond la petite brune. J'aime tellement les brunes sa mère.

« Et toi ? me renvoit-elle. »

« Pareil, j'vais rejoindre des potes. ».

J'me vois mal leur avouer que j'vais au tapin, mais en plus si j'leur balance que j'y vais solo, j'vais vraiment passer pour un con.

J'bloque sur la plus mignonne, une petite blonde avec un pétard de l'espace. « On s'est déjà vu non ? ».

Silence.

« Hum non je ne crois pas. ».

Distributeur de disquette.

« Non j'avoue, on ne s'est jamais vu sinon je n'aurais jamais oublié ton regard. ».

Silence, sourire gêné.

« Ah oui c'est vrai ? »

Qu'elle me répond en remettant sa mèche blonde sur son oreille.

Et Toc. Touchée.

« Si je te le dis. »

Sourire en coin. Touchée.

« Hihi, viens avec nous à notre soirée si tu veux. ».

Coulée.

J'accepte faisant mine de réfléchir si je pouvais abandonner mon hypothétique soirée.

Finalement, j'vais dépenser moins ce soir. Elles s'ambiancent comme deux folles dans la caisse, moi j'regarde les lumières défilées.

J'pense encore à elle.

Les deux à côté sortent leur bonbon. Une gorgée de blanc, un ecstasy, une autre gorgée de blanc. La fusée décolle.

« Chef, tu peux mettre un son stp ? »

Il me répond « Avec plaisir. »

« Un petit morceau de Booba, Garde la pêche, pour se chauffer tranquillement. »

Il cherche le son sur Deezer, le balance dans la caisse.

« Merci. »

L'ambiance est détonante, j'm'attaque au blanc, j'ai horreur de ça mais j'ai plus de bière, commence les mélanges. Demain, j'vais avoir mal au crâne de ouf et l'envie d'me crever.

J'voulais pas trop boire ce soir.

Je repends une gorgée de leur mixture.

Mais genre j'voulais vraiment pas.

*

On arrive au pied de l'appart, de la musique sort d'un balcon de l'immeuble, j'sais pas chez quel genre de gars on va, j'espère qu'ils ne vont pas être trop relou. Quand ils vont me voir débarquer, ils vont comprendre que si je suis là ce n'est pas pour l'amour de la musique. j'suis pas cramé avec ma gueule de mec déterré là.

On rentre, une dizaine de personnes sont présentes, un petit groupe s'envoie des traces sur la table du salon tant dis que d'autre picolent et dansent sur du Tragédie. Ça m'dérange pas qu'ils prennent leur coke ici, au moins pour une fois, ils ne sont pas insupportables à tous se barrer dans les chiottes. Style tout le monde sait qu'ils s'en foutent dans l'tarin mais ils vont quand même se cacher dans les toilettes pour le faire. Encore une histoire pour s'donner un genre ou chais pas quoi.

Et puis Tragédie quoi, merde, monstre d'ambiance, j'suis de suite dans mon élément.

J'me jette sur la piste de danse, les lumières sont tamisées. V'la le déhanché que j'envoie, j'en mets plus d'un à l'amende. J'bouge mon boule, j'ai la sèche. J'vois un pack de 1664 qui traîne dans la cuisine, j'vais m'en envoyer une, t'façon c'est trop tard, demain j'aurais encore envie de me crever, dès que j'prends une caisse, le lendemain c'est horrible, j'ai envie de me flinguer.

J'me demande si je ne serais pas capable de le faire. Pour ça faudrait déjà que j'ai les couilles de me jeter sous l'métro mais c'est vrai que ça ferait chier beaucoup de monde.

J'sais pas si vous avez déjà était coincé dans l'tromé par ce qu'un connard s'est jeté dessous. Quitte à m'foutre en l'air, j'ai bien envie de faire chier tout le monde. Vas-y, si demain j'suis dans le mal, j'vais m'escamper station de la Défense. Comment j'vais golri une fois éparpillé sur les rails avec tous les cravateux bloqué au milieu des voies. Chais pas qui va ramasser ma viande mais j'y laisserais un billet de 20 dans les poches pour m'excuser.

j'rigole tout seul sur la piste.

*

Arrivé dans la cuisine, j'ramasse une clope tombée sur le sol. En me relevant, j'tombe nez à nez avec une paire de Nike blanche.

On dirait celle de mon ex.

Je bloque.

« Et si c'était elle ? »

Enfin, j'te retrouve. Mon cœur s'agite. Le hasard fait bien les choses j'tombe sur elle dans une soirée inventée de chais pas qui. J'ose pas lever la tête, j'ai peur, si j'la revois partir ça ne va pas le faire. J'me tourne sans regarder plus haut que mes genoux, j'arrive quand même à chopper le pack sur le côté et j'me barre avec.

J'suis retourné, tu penses qu'elle peut être ici ?

Nan en vrai c'est pas possible. J'espère qu'elle ne m'a pas vu avec l'autre ; mais vas-y j'pars en parano total sérieux. L'alcool, ça ne me réussit pas. Qu'est-ce qu'elle pourrait venir faire là ? Faut vraiment que j'me fasse soigner.

Au bout de quelques bières, j'me pose sur le canapé. À côté « d'elle ».

Elle a les mains qui baladent de ouf, genre ça me tripote les cuisses à l'aise alors que l'on ne se connaît même pas. J'reçois un appel de mon pote J.

Au moment où je décroche, je vois son visage qui s'avance.

Il me dit qu'il est perdu, il a besoin d'aide pour reconquérir son ex.

Elle colle sa bouche à la mienne.

Il pleure sur sa relation, il se rend compte à quel point ça pouvait être un connard avec elle.

J'la connais pas mais j'aime déjà le goût de ses lèvres.

Il se morfond, c'était la femme de sa vie, il en sait pas comment faire sans elle.

Elle me tire dans les chiottes, je raccroche le téléphone, j'dégage un gars qui pisse, j'lui dis qu'il pourra finir plus tard. Ferme la cuvette et l'assois sur les toilettes. J'lui baisse son pantalon, j'l'enlève son string en dentelle. J'vois qu'elle a l'air de prendre soin du choix de ses sous-vêtements, ça fait plaisir. J'écarte ses jambes. J'ai toujours peur de l'odeur que peut avoir l'entrejambes d'une meuf que je ne connais pas. Tant pis j'peux plus reculer t'façon. Bien rasé, bien épilé, pas de cheveux dans la soupe, j'plonge lui manger la tarte, j'aime bien le goût de ses lèvres. Elle s'agrippe à mes cheveux, appuie sur ma tête, sa respiration augmente. Ma langue virevolte sur son clito. Elle fait du bruit.

Les gens commencent à frapper à la porte. Ça me bande. J'me relève, j'l'embrasse.

En ramassant son pantalon, j'aperçois des pieds derrière la porte. Les Nike blanches.

Non.

C'est pas possible. C'est sûr que c'est elle. J'reconnais ses chaussettes, des chaussettes avec un éléphant tout mignon dessiné dessus. Dans quelle merde, j'me suis foutue ! Si elle me voit sortir avec cette meuf, elle va capter tout de suite. J'viens de reperdre la femme de ma vie.

Deuxième fracture du cœur.

La future mère de mes gosses.

Rha putain et l'autre conne sur la cuvette la chatte à l'air là, elle met 30 ans à se saper. J'peux pas lui dire de se bouger le cul trop fort, sinon mon ex va reconnaître ma voix à travers la porte.

Faut j'passe par la fenêtre.

Silence.

OK, y'a pas de fenêtre.

J'suis dans un bourbier. Il ne me reste qu'une seule chose à faire. Sortir de là et assumer comme un homme.

P'tain merde, fait chier cette histoire-là.

Elle est prête à sortir. J'attrape la poignée. Surtout ne pas perdre la face. Je tourne le verrou. Rester droit. J'appuie. Le menton bien haut. J'ouvre la porte.

Et devant moi.

Une meuf que je ne connais pas.

J'vois flou. Elle essaye de me dire un truc mais j'n'écoute même pas tellement je suis perdu. J'lui lâche un petit mot en sortant : « Bien les chaussettes ! ».

J'suis sacrément parano moi merde. Il faudrait que je surveille ça, genre que j'aille chez un psy ou un truc du genre.

Bref, j'vais pas rester 30 ans, ici faut que je rentre en territoire conquis. C'est parti pour mentaliser la petite pour qu'elle se tire avec moi.

Elle accepte.

On appelle un taxi.

*

La nuit partait bien, j'ai fini de la baiser mais je n'ai toujours pas giclé putain. J'vais tout de même pas me branler en la regardant dormir.

Silence.

« Boah t'façon qui sera au courant ? »

J'commence à me tripoter, j'la regarde, allongée nue sur la couette. Juste son corps et mon imagination. J'ai toute une journée de frustration sexuelle qui me revient dans le corps. J'ai les jambes qui tremblent, si je secoue les orteils c'est encore mieux askip. Faut que j'attrape des mouchoirs, j'vais pas jouir sur le matelas. J'accélère le rythme. Mon cœur bat de plus en plus vite. Toutes les images possibles me traversent l'esprit. Levrette, Gorge profonde, faciale, POV, Threesome, creampie, bave, foutre, cul, chatte. J'ai chaud.

Je jouis, enfin.

J'avais des litres et des litres d'amour à propager, les mouchoirs ne contiennent rien du tout. J'en fous partout c'est horrible. Puis comme si ça suffisait pas, j'suis épuisé, j'ai envie de m'endormir. J'vais quand même pas me mettre à pioncer comme ça.

Silence.

Si, tant pis. J'nettoierais demain. J'fous le drap dessus. J'suis bien. J'suis léger. J'ai l'impression que mes soucis n'ont plus d'intérêt. J'vais me foutre contre elle, à défaut d'avoir joui avec elle j'vais m'endormir avec.

L'avantage c'est que pour jouir avec soi-même on n'a pas besoin de se faire croire que l'on s'aime.

J'm'aime pas mais j'men tape.

4

La nuit, c'est agréable, on a les membres engourdis, rien dans l'crâne à part du coton.

*

J'ouvre les yeux.

Ah, j'suis tout seul, elle est partie. Boah, t'façon qu'est-ce que ça change.

C'est quelle heure ?

J'ai encore la capote sur le gland, j'l'arrache dans un bruit de latex qui claque. Y a encore son odeur dans les draps, j'ai encore son odeur sur mes doigts. Elle avait ses règles ou quoi ? J'ai du sang sur le bide. Rha tant pis, rien n'effacera son regard ni son sourire, j'adore les femmes qui sourit pendant l'amour. T'sais quand elles se mordent les lèvres.

Elles me foutent la fièvre.

J'vais pas tomber en love direct j'espère. Quel sombre connard, j'baise une inconnue et j'vais me foutre à l'aimer. J'me lève j'vais prendre une douche. Tranquille, j'vais aller manger un truc et on verra plus tard. La douche est chaude c'est agréable. Le bruit de l'eau qui coule du pommeau m'apaise. Je m'accroupis en position fœtale sous le jet. L'eau est bouillante. Ça me brûle. Le bout de mon sexe touche le carrelage. Le sol est froid. J'ai dix minutes.

Dix putains de minutes avant de devoir me sortir de là et m'enfoncer dans cette journée qui risque d'être bien merdique. On ne voit pas mes larmes quand je pleure sous la douche.

J'peux me repasser ma vie.

J'bois. J'pense tout le temps à baiser. J'bois. Je dors un peu. Je mange mal. J'bois. J'suis tout seul. Et j'bois encore pour oublier et j'picole tellement que j'ai oublié pourquoi je buvais. Quand les gens me voient dans la rue, ils doivent voir un gars avec la gueule sombre. Comme tout le monde tu me diras, j'sais pas si vraiment on peut dire que quelqu'un qui marche seul dans la rue à l'air heureux.

Est-ce que quelqu'un arrive vraiment à être heureux ?

J'lâche un soupir.

Imagine on me retrouve crever là d'un coup dans ma douche. Glissade sur une savonnette, brisure de crâne sur le carrelage.

J'vais manquer à qui ?

J'suis pas con j'sais très bien qu'il n'y aura pas plus de personnes à mon enterrement que dans mes vernissages.

Bon aller j'vais sortir de la douche, j'attrape ma serviette, j'me la passe autour d'la taille, j'me regarde dans le miroir.

C'est chaud, j'ai du mal à me dire que je ne suis que sang et os.

C'est décider à partir d'aujourd'hui nouvelle résolution, j'mange bien, j'bois moins, j'vais m'inscrire au sport.

Allez, j'suis dans un putain de mood là, j'mets la musique à fond, un truc bien motivant. Rasage, j'danse devant la glace. J'vais sortir en bombe. Il a l'air de faire beau en plus. La journée s'annonce parfaite.

*

J'me jette dans le tram, direction centre-ville. Il fait soleil, j'sors les lunettes de soleil, J'marche avec le morceau « La misère est si belle » de PNL dans les oreilles.

J'ai des ecstasys plein les poches, j'vais m'refaire ma soirée au passage. Si j'peux au minimum payer mon loyer avec ces pilules c'est gagné. Les petites bourges qui veulent se soulager la culotte en s'éclatant aux bonbons, c'est parfait pour mon compte. Mais j'suis obligé de me coller des soirées de merde, avec de la musique de merde et des gens de merdes.

Mais bon.

Premier SMS.

« J'ai 10 potes qui viennent ce soir, tu peux te joindre à nous ? ».

Message codé qui veut dire, j'veux 10 trucs.

« OK, dis-moi où vous êtes, j'arrive. »

Il m'envoie son adresse, et j'débarque chez lui, tranquille. J'lui passe les bonbons, il me passe les tunes on en parle plus. Il me paie une bière, j'accepte, une petite ne peut pas me faire de mal.

*

19 h, j'suis déjà salement ivre, j'me barre de chez ce gars pour rejoindre des potes qui sont en karaoké. À peine arrivé, J'm'ambiance direct, ça me propose de m'inscrire, envoie un Daniel Balavoine, « Le chanteur. ». J'vais tout niquer, j'prends une pinte, c'est à moi d'monter sur scène, j'suis en confiance.

En plein refrain, j'percute qu'une meuf de la table d'à côté ne lâche pas du regard, elle touche même quelques mots à son mec. Bref.

« J'veux mourir malheureux et ne rien regretter ».

Fin du morceau.

J'retourne à table.

Encore ce couple qui me regarde bizarrement, ça va m'énerver s'ils continuent. Le mec s'approche de moi. « Dis, avec ma copine, on te trouve charmant, ça te dit de poursuivre la soirée avec nous ? ». J'comprends pas donc je dis oui. Je les suis. Sur le trajet, j'm'arrête au night shop pour prendre des bières, j'leur demande combien j'en prends. « Ben trois. » Qu'ils me répondent. Je croyais qu'on devait rejoindre des gens. Dans quoi j'me suis embarqué encore sérieux ?

*

On est dans leur salon. On écoute de la musique, j'leur paie un ecsta pour deux, mais ils en veulent un chacun, vas-y, c'est bon je cède.

Puis voilà que ça part en couille.

Ils commencent à s'embrasser, je suis mal à l'aise. Elle lui enlève son futal et se met à le sucer, là, devant moi.

Je suis mal à l'aise mais je bande.

Bon pas besoin d'être très perspicaces pour comprendre que si je suis là c'est pour m'insérer dans leur délire.

En attendant, j'reste assis en face d'eux, avec ma bière.

J'suis spectateur de la pipe de l'espace qu'elle lui offre. Ils arrivent à faire comme si je n'étais pas là. Et moi j'arrive pas à faire comme s'ils n'étaient pas là, en même temps si d'un coup j'me mets à regarder la télé j'vais plomber l'ambiance j'crois. Je les mate, devant moi prenant un plaisir monstre à s'exhiber. Il la déshabille. J'croient qu'ils attendent un truc. Que je me branle peut-être. C'est chaud. J'me vois mal sortir ma bite et m'secouer devant eux.

Bref, au bout de 5 minutes je dois me rendre à l'évidence, si je ne m'active pas ça ne sert à rien que je reste ici. J'ouvre ma braguette et je commence à m'astiquer. Aucune réaction. Ils n'ont même pas ouvert leurs bières, j'vais m'en jeter encore une pour la route.

*

On est en train de prendre sa meuf à deux, il a quand même l'air de bien le vivre le gars. Heureusement, j'suis bien bourré, comme ça, j'peux la baiser pendant qu'il se branle à côté de nous.

D'un coup, il lâche « J'peux filmer ? ».

Mais qu'est-ce qu'il me veut lui !

« Tu comptes en faire quoi ? ».

Il me répond que c'est juste pour sa consommation personnelle. « Déconne pas gros, la fout pas sur le net ou chais pas où hein ? ».

Juré.

Il installe sa caméra sur un petit trépied, pose tout ça sur la commode en face du lit. Le décor est planté. Je jambonne sa meuf et lui, fait ses petits réglages numériques. Il tripote tous ses boutons, des petits voyants s'éclairent ou s'éteignent.

Bref, il revient sur le lit, j'me décale, j'lui laisse la place quand même, je vais de l'autre côté du lit et enfonce mon gland dans la bouche de sa femme. Elle lâche de petits sons, des bouts de phrases que je m'empêche de couper avec mon sexe. Mais j'ai l'impression que c'est lui qui aime plus qu'elle.

« Putain, t'es belle, ma chérie. ».

« Tu te verrais t'occuper de ces deux bites. »

« Encore, continue de le sucer. ».

Entendre sa vieille voix me fait chier, j'ai envie d'y dire de fermer sa gueule. Déjà que je sens son odeur de transpiration mélanger à des effluves de cul, pas besoin d'entendre sa voix rocailleuse. Lui ça l'excite peux être de voir un mec pétarder sa femme, moi j'suis juste là pour me la taper, sa femme, justement.

D'un coup, tout le monde s'arrête, les positions changent, c'est chelou, je comprends que c'est le passage à la double pénétration, mais je ne veux absolument pas lui toucher la teub, même à travers sa femme, puis me retrouver face à face avec son vieux visage, ça ira c'est bon. J'leur fais comprendre. Il sort de la chambre. Pendant ce temps, elle me monte dessus, j'en profite pour lui demander son prénom.

« Sophie. »

Elle ne me demande pas le mien. Je lui embrasse les seins, son mec revient avec une bière. Il se positionne derrière sa femme et lui enfonce son sexe dans l'anus. Putain j'avais dit pas de double.

Merde, fais chier.

Ils ont l'air d'adorer ça mais moi je sens les jambes poilues de l'autre con qui se frotte sur mes jambes et quand elle se penche sur moi, j'ai la vieille face éclatée de son gars face aux miens. Horrible. On dirait qu'il va jouir, il faut que j'me décale de là, imagine il crache dans sa meuf et ça me coule dessus.

C'est mort, j'me retire direct.

Elle monte sur lui, j'ai envie de gicler, j'en ai marre, c'est chiant, j'serais bien dans mon canapé là. J'me mets debout, j'ai une superbe vue sur le visage de son gars qui prend son pied. Elle me dit de finir sur elle, mais l'autre dessous il va en avoir partout, c'est quoi le délire, j'veux pas lui cracher dessus moi. Voilà que j'me remets à réfléchir, ça va me bloquer. J'ai dit que j'étais un gars psychologique moi, rien que le fait de savoir que je vais lui envoyer du sperme sur le torse même pas besoin de préciser que ça va pas le faire. Mais alors pas du tout. Elle me fixe, la langue tirée vers moi, j'm'efforce à faire de mon mieux.

Je jouis.

Et voilà, forcément j'en ai envoyé dans l'œil de son mec putain j'en étais sûr. Le voilà maintenant qu'il s'en prend à moi.

« Putain mais tu aurais pu faire attention sans déconner !! »

Faire attention à quoi ? Il est complètement con ou quoi lui.

J'lui escampe.

« Mec t'as déjà éjaculé ou pas ? Tu ne peux pas maîtriser le jet puis m'casse pas les couilles qu'est-ce tu te fous en dessous aussi.

— Bien sûr que tu peux connard ! Comment tu crois que je fais d'habitude ? Chaque fois que je couche avec un autre homme et ma femme, j'ai pas du sperme dans l'œil ! »

Connard.

Le mec c'est moi qu'il traite de connard ce sale fils de pute.

« J't'emmerde si t'es pas content c'est pareil, pour baiser ta femme et me souffler ta vieille haleine dans la gueule y'a du monde mais qua… »

Ni une ni deux il me saute à la gorge.

« Tu emmerdes qui sale con ? ».

On commence à se battre comme des chiffonniers au milieu de sa chambre, nos testicules se frottent entre elles pendant qu'on s'échange coups et morsure. Je lui fais une clef de bras, sa femme nous met des coups de coussin. Coup de genou dans la mâchoire, crac, j'crois que j'ai pété un truc, il pisse le sang, sa femme pleure. J'rassemble mes habits et dégage le plus vite possible, j'descends les marches une à une, faut jamais qu'ils me retrouvent. Heureusement, cette mésaventure ne restera qu'un mauvais souvenir dans mon esprit.

Merde.

Et dans la caméra.

*

Sur l'retour, j'ai les bras lourds, j'suis épuisé.

5

Voilà le rhume que j'me paie aujourd'hui, yeux qui pleurent, nez qui coule, j'suis dégueulasse à voir. J'vais pas sortir c'est sûr. Qu'est-ce que j'vais bien pouvoir branler, j'ai pas envie de lire un livre ni zoner sur Facebook.

Tinder.

Putain j'vais installer Tinder. J'vais me poser dans le salon de la coloc.

J'arrive en bas, mon coloc me dit « Ouh, toi t'as une sale gueule, t'es malade non ? ».

Perspicace le frère. T'sais quoi j'vais profiter d'rester enfermé chez moi pour serrer des meufs à distance c'est la meilleure chose à faire avec la vieille gueule que j'me paie aujourd'hui. Un genre d'investissement, profiter de la maladie pour mes futures conquêtes. J'm'inscris direct, prénom, photo de profil qui tue et description qui fait rêver. J'dis que j'suis réalisateur, ça fait classe. J'vais impressionner qui si j'écris « J'suis au RSA. », ça va pas le faire. Petite flamme et c'est parti.

Bienvenue dans le plus grand supermarché de cul de France.

Première photo, moche, je passe. Deuxième photo moche aussi. Suivante, trop bonne je like. Moche. Moche. Lili, 40 ans, fait partie du club de roller skating de la ville, cette bombe, rhololo, j'envoie un like. J'espère qu'elle va me le rendre.

J'suis coupé par mon coloc qui fait son devoir de géo avec une meuf de sa classe. Je la regarde. Je like pas. Ou alors un petit coup par erreur. Ils travaillent sur leur dissertation sur le flux migratoire que provoque la guerre en Syrie.

Et moi à force de traîner sur Tinder j'ai le flux sanguin qui migre dans mon futal. Moche. Moche. Moche. Moche. On dirait que je cherche un fruit au supermarché. Dégueulasse. Pas assez mûr. Ouah cette paire de melons, je like. T'façon en vrai toute les meufs qui foutent leur décolleté en photo de profil elles doivent avoir 2457 likes. Moche. Moche. Moche. Bonne. Moche. Bonne. Moche. Moche. J'ai la tête qui tourne à force de voir tourner des profils. J'suis sur j'vais tomber sur une zouze complètement débile en plus avec ce truc de merde.

Vas-y, c'est bon, j'lâche ça pour le moment.

*

J'sors dans la rue, j'en peux plus il faut que j'aille à la pharmacie. Les meufs sont de sortie aujourd'hui dis-donc. Moche. Bonne. Moche. Tema, la mère de famille devant la boulangerie là, c'est un monstre. Moche. Bonne. Bonne. J'ausculte et je juge toutes les femmes que je croise.

Mon téléphone sonne, ah, une notification. Jure c'est la meuf du Roller skating. Un boulet, elle m'a renvoyé le like donc on a matché ! Ça ouvre une discussion. Il me faut trouver une bête de phrase d'approche.

« Salut, tu es d'où ? En fait, cela n'a pas d'importance, j'suis blindé j'peux venir te chercher en jet privé ;). »

Important l'humour.

« Hihi, ça tombe bien j'ai toujours rêvé de trouver un homme capable de m'envoyer au septième ciel. »

Putain.

J'vais tellement la bourrer qu'on va me prendre pour un Massey Fergusson.

On continue la discussion pendant quelques jours de sujet divers entre culture et allusion sexuelle bien trash. On se donne rendez-vous pour mardi en 8, 17 h devant le Parvis de Saint-Gilles, afin de boire quelques bières.

J'rentre dans la pharmacie, les portes automatiques s'ouvrent devant moi.

Y'a une file d'attente super longue, la flemme de faire la queue s'empare de moi, j'me dirige vers les cachetons en libre-service. Les boîtes de Fervex coûtent 8 balles sa mère, laisse tomber j'les fourre direct dans ma poche. Au passage, j'prends aussi des capotes, les portiques s'ouvrent et me laissent partir sans payer. Si je vole, c'est juste par flemme de faire la queue, surtout quand j'suis malade.

*

Une semaine plus tard.

Je l'attends devant l'église, j'suis stressé en ce moment, j'crois, j'dors mal et j'ai encore un tas de pensée morbide. J'prends un Xanax pour me détendre afin d'être Smooth quand elle sera là. J'fais souvent ça, ma cousine infirmière me fait sortir des plaquettes et j'me les gobe, tranquille.

Elle est à l'heure, j'la vois arriver au loin, c'est un avion, elle se coltine un pétard de l'espace ainsi qu'une paire de seins à ce damné.

On prend une bière.

Elle s'appelle Sandra, elle a 47 ans, elle a un fils de 12 ans qui vit chez son père, elle travaille dans un cabinet médical et petite, elle voulait devenir vétérinaire mais ses parents n'avaient pas l'argent pour l'envoyer faire des études donc elle a dû trouver un travail puis elle s'est mariée puis elle a eu son mioche puis son mari s'est barré.

Elle dit tout ça, sans prendre aucune respiration.

J'dois faire semblant d'être intéressé quand elle me raconte toute sa vie. J'm'en bats les couilles.

On reprend une bière.

Pendant qu'elle me parle, j'reste dans ma tête.

« … c'est simple mon fils déteste me voir arriver avec d'autre homme… »

Ouais d'accord, elle a l'air pas mal, j'essaye de l'imaginer sous sa robe. J'm'attarde sur son maquillage qu'a l'air d'être appliqué avec précision. Contour des lèvres, eye-liner…

« … je me demande quand même si c'est normal qu'à 12 ans on soit jaloux comme ça des conquêtes de sa mère… »

Putain elle à une crotte d'œil. J'ai horreur de ça les cacas qui se trouvent aux coins des yeux, j'ai envie d'lui enlever.

« … de toute façon, c'est pour ça que j'ai quitté son père aussi, la jalousie… »

Qu'est-ce qui peut former ce truc horrible ? C'est mi-blanc, mi-jaune.

« … pourtant Kevin, j'essaye de le préserver le plus possible mais c'est u… »

Des questions me traversent l'esprit, est-ce que je lui enlève, est-ce que j'lui dis.

On reprend encore une bière.

« … souvent, je le laisse à la garderie car il peut… »

Chaque fois qu'elle cligne des yeux, cette mixture du Diable bouge, ça n'a pas l'air d'être solide, c'est un genre d'Alien en mutation putain.

« … il adore les animateurs qui l'encadre… »

C'est dégueulasse, j'fixe ce truc puis d'un coup elle s'arrête de parler.

« Pourquoi est-ce que tu me fixes ? dit-elle en souriant.

— Tu as de beaux yeux, je ne peux m'empêcher de me perdre à l'intérieur. », avoue j'suis une bête de distributeur de disquette.

« Laisse tes beaux yeux ici, je reviens. »

J'lui fais un clin d'œil. J'me barre aux toilettes.

Quand j'reviens elle a deux nouvelles boissons, elle m'explique que c'est le serveur qui les offre.

Bon OK, j'attrape mon verre et je trinque avec elle.

*

Elle veut qu'on aille chez moi, j'suis d'accord, j'vis dans une coloc mais ça ira. J'avais prévu l'coup alors j'ai ramassé mes merdes qui traîné sur le sol. D'un coup, j'me sens trop mal, j'sais pas si c'est le mélange alcool/Xanax mais j'ai le cerveau entrain de bouillir. Elle ne m'a toujours pas demandé ce que j'fais dans la vie, on a parlé uniquement d'elle et son gosse à la con.

Au moment de passer à la caisse, j'entends que le serveur chuchote un truc à l'oreille de Sandra, elle sourit, me regarde puis se met à rire.

Ça y est, j'me sens mal, j'dois avoir une crotte de nez, un truc blanc sur le bord de la bouche ou un caca d'œil. Putain, ça me bande. J'ai horreur de ça, il me veut quoi ce fils de pute.

Ça y est j'vrille.

Peut-être c'est quand j'suis allé aux chiottes qu'il est venu la draguer.

J'entame un combat d'regard avec lui. Il me fixe, j'le fixe. Son air ne m'inspire pas, j'ai pas confiance à ce type puis cette façon qu'il a de poser sa main sur l'épaule de Sandra.

« Qu'est t'as à me dévisager comme ça toi ? »

Ça part tout seul.

Il s'avance vers moi, j'serre le poing prêt à lui décrocher la patate du siècle direct dans la mâchoire, j'vais lui faire sauter un chicot il sait pas ce qui l'attend.

Ni une ni deux, il approche sa teuté, j'lui balance mon poing dans la gueule, un bruit de verre brisé coupe net les conversations à l'intérieur du bar, tous les visages braqués sur moi en train d'attraper le pingouin par le colback, la honte m'envahit. J'le lâche, il se rétame derrière le bar.

Aucun souvenir de la raison pour laquelle je l'ai cogné.

Sandra ne sait plus où se mettre quant à moi j'escampe deux billets de 10 pour payer l'addition.

« Gardez la monnaie. »

Sur le chemin de chez moi, j'ai encore les dents serrées. Sandra m'explique que si elle rigolait c'est par ce que le serveur voulait mon numéro, « Tu lui plaisais bien. ».

Ah.

« J'avoue, je lui ai tapé dans l'œil. »

J'me tape une barre tout seul.

*

On arrive chez moi, on se déshabille en s'embrassant. En voyant ses seins tomber quand j'enlève son soutif, j'me dis que s'taper une femme d'un certain âge, le corps ne tient pas toujours la route. Une odeur s'échappe de ses cheveux, ça doit être son shampoing.

J'la prends sur mon lit, elle crie comme jamais je n'ai fait gueuler une femme, quelquefois j'm'arrête même car j'ai peur d'lui avoir fait mal.

« Non, continue. »

Elle est marrante, elle, j'ai pas l'habitude, moi, d'rencontrer une meuf juste pour la baiser. Surtout que c'est comme des Pokémons ces trucs-là, y'a différentes sortes avec des cris tous bien différents les uns des autres.

Elle me grimpe dessus, me questionne, dominé ou dominant. Pas le temps de répondre, quelle choppe mon bras droit, l'attache au radiateur qui se trouve au-dessus de mon pieu et fais de même avec mon bras gauche. Elle me regarde dans les yeux et me lâche :

« Dominé ».

Elle rigole.

Je fonds quand elle me fixe avec ce regard, mais y'a pas moyen qu'elle me... Une énorme douleur me coupe.

« Putain d'sa race qu'es-tu branle !!! » Je hurle alors qu'elle se fout à me pincer les couilles.

« Ben, tu crois quoi ? Que je t'ai attaché pour te faire des chatouilles. »

Merde c'te folle elle aurait pu me prévenir.

« Tu vas me faire quoi hein ? Préviens-moi au moins.

— Non, comment veux-tu que tu te laisses faire si je te préviens. »

Je la vois qui commence à rapprocher la froideur de sa langue sur mes testicules chauds, elle se met à me sucer, ses billes ne m'lâchent pas. D'un coup sec, elle rentre son doigt dans mon trou de balle, elle fait un truc, j'sais pas dire quoi, mes yeux se révulsent, mes orteils se secouent, elle continue à aspirer mon sexe avec sa bouche, je jouis comme lors de ma première branlette, mes jambes sont légères et plus je me vide plus j'ai envie de dormir, j'en oublie même qu'elle à son index dans mon oignon. Je gigote mes bras qui sont toujours accrochés aux barreaux du radiateur, heureusement qu'il est éteint sinon j'serais en train d'me cramer. J'ai la tête qui tourne, j'la vois qui se marre à mes pieds en s'essuyant la bouche.

On dirait que j'suis défoncé. J'suis livide et tout mou.

« Bon bah, ta prostate va bien, sois rassuré. »

Elle rigole.

J'sais pas si j'dois être refait de savoir ça ou si j'aurais préféré garder cette question sans réponse.

« Alors heureux ? »

Ouais, je crois, j'sais pas. J'suis partagé entre l'idée d'lui dire de s'barrer de chez moi ou alors de recommencer.

« Qu'est-ce que tu crois j'ai de l'expérience avec les types, se vante-t-elle. À force, j'sais ce qui vous fait du bien. »

Elle me fait un clin d'œil en se mordant les lèvres.

Elle remonte vers moi frotte ses seins qui pendent sur mon torse et viens m'embrasser. J'me laisse faire t'façon, vu l'état dans lequel j'me trouve, j'crois même que ma bave me coule dessus, elle part se laver.

Tellement asséché avant qu'elle parte j'lui demande d'me faire boire une gorgée de la bouteille de blanc. J'm'envoie une grosse gorgée.

J'suis seul, attaché au radiateur, j'entends une voix qui me parle. C'est quoi c'bordel.

« Écoute-moi mon garçon, prends soin de ton prochain. »

Une voix me parle. J'distingue sur mon plafond un voile blanc d'où s'échappe un rayon de lumière.

« Ah bon ? lui dis-je. Qu'est-ce que vous en savez si j'prends soin des autres ou pas ?

— Je sais TOUT sur toi.

— Mais qui êtes-vous ? lui demandai-je.

— Ton ange gardien. Je m'appelle Umabel, je veille sur toi depuis ta naissance.

— J'ai un ange gardien, moi ?

— Bien sûr, chaque être sur terre est suivi d'un ange qui le protège.

— Même Nadine Morano ? »

Silence.

« Hum, oui, me répond-t-il sèchement.

— Et ben putain.

— Je suis là pour parler de toi.

— Tu viens d'où ? »

J'me pose de ces questions, en vrai j'm'en branle de ce qu'il a à me dire.

« Mon énergie est rattachée à celle de Mercure ainsi que de celles du Soleil, m'explique-t-il.

— T'as fait toute cette route que pour moi ?

— Oui, c'est mon devoir envers toi transmis par les astres et l'univers, me dit-il.

— Putain c'est génial. »

J'éclate de rire.

« Pourquoi rigoles-tu ? me questionne-t-il.

— Le seul ange gardien que j'connais elle est grosse et toute petite, ce sont des barres, toi j'sais même pas à quoi tu ressembles.

— Je ne comprends pas de quoi tu parles jeune. Écoute-moi maintenant, j'ai un message à te faire passer. Sois plus attentif aux problématiques de ton prochain, dit-il agacé. »

Il fait chaud dans cette putain de chambre.

« Fais pas le nerveux avec moi ! J'fais ce que je veux d'abord !

— Tu ne devrais pas te mettre en colère.

— J't'emmerde si t'es pas content va faire l'ange gardien avec quelqu'un d'autre ! »

J'suis encore attaché aux radiateurs, je gigote dans tous les sens et les tuyaux du chauffage se déboulonnent petit à petit.

« Tu l'auras voulu ! »

Umabel rentre dans une colère noire, les nuages sur lequel il se trouve virent aux gris et commencent à me pleuvoir sur la gueule, j'suis trempé j'vais me noyer, je hurle.

Alertée par mes cris, Sandra qui est dans la salle de bain me demande ce qu'il se passe.

Quand elle revient, elle me trouve en train de parler avec mon radiateur, en prenant pour la voix de mon ange gardien le bruit de l'eau qui circule à l'intérieur. J'ai tellement tiré sur le chauffage qu'un tuyau s'est arraché et se vide sur mon visage.

Elle rit.

6

Un verre ou deux ce n'est pas très grave,
j'crois.

*

Et voilà.
J'suis ENCORE khapta, putain.
J'prends mon portable. J'vais dans mes photos, j'retombe sur
des photos de nous mais pourquoi j'ai pas effacé ça ? C'était
vraiment la plus belle femme de France, que dis-je du monde.
J'vais dans mes contacts, je clique sur son nom.
Envoyer un message.
La discussion s'ouvre, j'commence à écrire :
« Tu sais, ça fait maintenant 8 mois que t'es partie. J'voulais
te bloquer, effacer nos photos et jeter tes cadeaux mais je n'y
arrive pas. Je t'ai traité de sale pute, c'était plus facile pour
t'oublier et peux être aussi par ce que tu n'es qu'une sale pute.
Le problème il n'est même plus que j't'imagine te faire troncher
par un autre, c'est rien comparé à la solitude dans laquelle tu
m'as enfoncé. Tu savais très bien que je ne pouvais pas vivre
sans toi. Le pire c'est que j'voulais t'plaire, t'faire fondre c'est
comme si tu m'avais buté. Je t'aime encore tellement
aujourd'hui que j'aimerais que t'en crèves, j'ferais le deuil plus

facilement. J'suis donc le seul à avoir aimé cette baraque ? Y a que moi qui chiale quand j'repense à nos soirées d'été ? De là ou j'suis on dirait tu t'en bas les couilles. Pourtant j'ai vu ton regard sur les photos, tu peux mentir avec ta bouche mais pas avec tes yeux. J'ai bien vu qu'à l'époque, je me reflétais dans tes pupilles. Aujourd'hui, elles ne sont même plus tournées vers moi. J'étais sombre comme la mort avant de te rencontrer. Depuis que t'es parti, c'est pire. Paraît que tout peut s'oublier et qu'on doit oublier le temps des malentendus. Maintenant, j'suis solo avec ma vie qui m'échappe. J'ai pas plus d'avenir que ce que j'ai l'impression d'avoir eu de passé.

Va te faire enculer. »

Les larmes me coulent au milieu du bar. Faut que je parte vite. J'prends ma veste. J'sors. J'ai trop bu, démarche de travers, j'm'étale dans la rue.

Je fais peine à voir.

Forcément dans ma chute j'ai emporté les tables du bar. Des passants me relèvent en me demandant si je vais bien. J'me casse sans répondre. Ya tout qui tourne, j'comprends plus rien, j'crois que je suis arrivé devant une porte que je croyais être celle de mon immeuble, j'ai essayé de l'ouvrir tant bien que mal, j'lui ai même foutu des coups de lattes mais rien à faire. Après ça, il me semble avoir vomi dans une poubelle du métro, et pour finir j'ai acheté des bières dans une épicerie puis j'me suis posé en ville. J'voulais absolument rattraper mon coup perdu. J'ai essayé de tchatcher quelques meufs dans la rue mais rien qu'à me voir avec les lèvres noires et l'articulation approximative elles n'ont pas eu envie de plus apprendre à me connaître.

« Salope. »

*

J'suis seul dans une rue du centre-ville. La seule compagnie que j'ai c'est un chat gris qui fait sa toilette. Il n'a même pas peur quand j'm'approche.

J'me pose à côté de lui.

« Et ben mon pote, tu veux que j'te dise un truc, t'as bien d'la chance d'être un chat. »

Il continue d'se lécher le fion.

« J'aimerais tellement pouvoir me laver l'trou d'balle avec ma langue moi aussi, ça doit être ça la vraie vie, celle de n'avoir besoin de personne pour faire quoi que ce soit. Ne dépendre de rien ni de personne. »

Le chat arrête de se laver, se déplace en face de moi et me fixe avec l'air attentif à ce que je dis. J'vois deux chats, j'suis salement saoul, j'ai envie de dégueuler toute la vinasse que j'ai bue ce soir. J'remarque que le minou porte un collier auquel pendouille un pendentif avec écris son prénom.

« Day... »

Ma vue s'trouble quand j'essaye de lire le pendentif.

« Dail... Non, Daisy. »

Ah, enfin.

« Tu t'appelles Daisy ? Mais c'est un nom de meuf, j'ai vu ta paire de baloches, tié un bonhomme toi c'est sûr, qui peux te donner un prénom de gonzesse alors que tié un mec. », lui dis-je en lui passant la main sur la tête.

Son museau tout froid s'approche pour me sentir et ses moustaches viennent me chatouiller. J'me demande ce qu'il peut sentir, l'échec, la défaite, la solitude y'a tout un tas de saloperies qu'il peut renifler. Monsieur le chat décide de s'éloigner de moi pour aller se rouler dans les poubelles qui se trouve au pied d'la porte de l'immeuble d'en face.

L'envie d'le prendre en photo me prend.

J'sors mon téléphone, je bifurque et j'appelle mon ex, je tombe sur son répondeur.

« Allo, tu m'entends ? T'es vraiment une grosse pute regarde comment je suis à cause de toi maintenant. J'espère que tu vas tomber amoureuse et que ton keum il va caner dans un accident de voiture haha ça te fera du bien. Et t'façon j'sais pas où tu es hein mais moi j'suis là où tu m'as laissé, j'me suis fait mal au dos en plus. Sa mère. OUAIIIIIIIIS. Mais hein t'façon, j't'emmerde, salope. »

Daisy me regarde.

Je jette mon téléphone contre un mur, j'm'affaisse sur le sol à côté de mon portable, j'dois être pitoyable, fort minable. Mon téléphone sonne, la sonnerie c'est une chanson de Noir désir.

Le minou vient s'asseoir en face de moi.

Je chante les paroles en même temps que ma sonnerie.

« … Qui veut de moi et des miettes de mon cerveau. Qui veut de moi et rentrer dans la toile de mon réseau… »

J'sens les pâtes humides du matou qui vient se poser sur mes genoux, on dirait qu'il veut me consoler, le ronronnement me rassure. J'me sens bien.

J'vais me relever, il faut juste que j'attende d'avoir fini de pleurer. Ya sûrement un bar encore ouvert à cette heure-ci.

J'regarde qui m'a appelé et j'vois que j'ai reçu un message sur Facebook, une meuf que j'connais viteuf me dit qu'elle est dans un bar à l'autre bout de la ville. D'ailleurs, j'ai pété mon écran j'suis vraiment trop con. Je vais aller la rejoindre. J'suis deter, j'suis sûr qu'elle m'envoie ce message par ce qu'elle veut que j'la baise. J'suis un tombeur en même temps, j'ai le mojo avec les meufs ce soir.

J'm'appuie sur le mur pour me remettre sur mes pattes. Le chat saute de mes jambes. Ça tourne, j'sors ma teub pour pisser un coup.

« Pouah, j'suis trop bourré. »

J'm'amuse à pisser sur la trappe de la Boîte aux lettres en bas d'la porte. J'rigole tout seul en m'imaginant le facteur foutre le courrier dans ma pisse.

Et puis faut partir rejoindre l'autre folle maintenant en laissant le chat renifler ma flaque d'urine encore fumante.

« Aller Daisy, prend soin de toi ! », dis-je en titubant jusqu'au prochain bar.

Ses yeux me regardent partir, j'lui fais pitié, j'crois.

*

Sur le trajet j'croise une voiture de keufs, j'le envoie une insulte.

« Fils de putes !! »

J'pars en courant comme le pire des gamins mais j'tiens pas sur mes guiboles donc forcément j'me fais rattraper par un des agents. Après leur avoir fait comprendre que ce n'était pas moi qui les ai insultés, ils prennent mon identité et me laissent repartir.

*

La soirée continue, encore dans un bar à m'envoyer des pintes dans l'estomac.

J'me suis retrouvé avec une petite en face de moi, j'ai trop envie d'la baiser. J'lui mets une main au cul, paraît que ces salopes aiment ça. Elle s'énerve. J'comprends pas. J'titube, je tombe sur la table d'un couple, renverse leurs boissons. Le patron vient me voir, il me fout à la porte, j'lui dis qu'il peut aller se faire enculer, j'voulais juste baiser cette connasse, elle me faisait des avances la folle aussi. Ya un mec qui s'interpose entre elle et moi, j'sais pas qui c'est, il me parle de copine, d'laisser tranquille j'sais pas quoi j'l'emmerde moi ce fils de pute.

J'lui dis qu'il peut aller niquer sa mère.

Il approche sa tête de la mienne.

J'le regarde, il m'fixe. Nos cœurs s'accélèrent. Le souffle coupé, sa tête s'approche, la patate part. Phalange, mâchoire. Autour, c'est l'bordel, ses collègues séparent, les autres regardent ; les pires filment. J'roule sur lui, il pose ses genoux sur mes bras, droite, gauche, droite. Sang, cris. Ses potes sautent, les miens non, je suis tout seul. J'prends le pied-bouche. C'est flou, ça siffle, j'perds l'avantage.

Je m'appelle comment ? Où suis-je ? Putain, ça tourne. Je gerbe sur l'macadam.

J'sais plus.

J'ouvre les yeux. Blanc. Y'a des coquards, des bleus et un nez cassé. J'suis l'seul qu'a mangé un KO. C'pas grave, l'union fait la force askip. Y'a des jours où j'préférerais être dans mon pieu. J'reste couché le sol est plus frais.

C'était quoi l'embrouille déjà ? J'sais même plus ce que je disais mais j'me suis emboucané direct. Il n'a pas eu le temps d'la sentir arrivé, je n'avais pas senti arriver ses collègues dans le coin du rade non plus à vrai dire. Il est aussi vrai qu'en ce moment j'suis bouillant, je ne vais pas le cacher, d'habitude j'reste chez moi à bouffer des nouilles. T'sais les nouilles chinoises là ! Mes préférées c'est celle au poulet, herbes et champignons noirs, elles ont un arrière-goût de fin de mois. Un délice !

Bon, j'dois m'lever. Finis les conneries. Les badauds sont toujours autour. Faut que j'm'assure que tout le monde va bien, ah, non, j'suis tout seul c'est vrai. J'ai quand même du mal à tenir sur mes pattes. Sirène. Camion rouge. Putain y vont m'être bien utile ceux-là. J'ai dégusté.

« Bonsoir, monsieur, que s'est-il passé ? ». Bagarre. Pied bouche. Vomi. Mal de tête.

« Veuillez monter dans l'ambulance, nous allons nous occuper de vous. »

J'me couche dans le brancard, j'veux pioncer. L'autre connard en uniforme m'empêche de dormir mais c'est plus fort que moi. C'est débile tout ce qu'on peut penser dans une ambulance de pompiers. Ce qu'on entend aussi. Puis y'a des mots putain de compliqués. J'sais pas si c'est le penalty ou moi qui suis devenu complètement con. Oxymètre à pouls. Thermomètre frontal. J'lui vomis sur les godasses. Putain mais ça commence à être flippant cette histoire. Il me rassure en me disant que ça va aller. Je ne suis pas du tout rassuré.

J'arrive pas à garder les yeux ouverts.

Il insiste.

Je perds connaissance.

*

J'me réveille dans ma chambre. Putain qu'est-ce que j'ai branlé, j'ai mal partout. À tâtons, mes mains se mettent à chercher mon téléphone portable, 1 nouveau message venant de mon Ex :

« T'es vraiment taré, fais-toi soigner, mon pauvre. »

Putain.

J'mets 3 plombes à sortir de mon lit, j'ai des pansements sur le corps et j'sens que ma tronche est gonflée. Une fois hors du pieu, j'vais me voir dans la glace.

Merde, j'ai la gueule déformée, j'ressemble à rien.

Qu'est-ce que j'ai branlé, c'est le trou noir ?

La sonnerie de ma porte d'entrée retentit, j'vais ouvrir.

« Bonjour, Monsieur, c'est la police, On peut rentrer ?

— Euh oui allez-y. Je leur indique le salon.

— Vous savez pourquoi on est là, je suppose ?

— Non malheureusement.

— Oh, ben laissez-nous entrer on va éclaircir tout ça, me dit-il. »

Les keufs rentrent chez moi, ils sont 3. Ils investissent mon salon, j'leur propose du café, ils acceptent, pendant que j'vais à la cuisine personne ne parle, en sois pas besoin de m'expliquer que c'est la merde.

J'prends le café, j'le mets dans la cafetière à l'italienne faite en inox qui reflète le salon, je les vois regarder un peu partout, ouvrir quelques tiroirs et regarder par la fenêtre.

Quand j'arrive leur porter le café ils sont en plein débat sur ce qu'elle vue est la meilleure pour un appart, sur un étang, un parc ou alors un monument. Y en a un des trois qui explique qu'il a envie de déménager avec sa femme, apparemment elle préférerait partir vivre vers la campagne, ça serait mieux pour ses gosses, j'le comprends.

Vivre en ville nous transforme en rats.

Ils se tournent vers moi, prennent leur café et me questionnent pendant un bon moment pour finir par me foutre les menottes.

J'grimpe dans leur voiture. Sur le Trajet leur discutions tourne autour de leur pelouse. Le conducteur, qui est d'ailleurs le plus costaud de l'équipe raconte comment il tond son jardin.

« … depuis que j'ai acheté ma tondeuse sans fil, j'gagne énormément de temps.

— C'est quoi ta tondeuse ? lui demande le keuf à ma droite.

— Une BOSCH avec récupérateur ! Tout fier de lui.

— Ah ouais ! s'exclame le passager avant. Celle de la pub là ?

— Exactement, répond le conducteur.

— Elle est super, mon beauf me l'a passé pour que j'l'essaye avant de l'acheter, tellement pratique pour le bord de mon bassin, j'ai plus peur que le fil passe dans l'eau. »

Le conducteur surenchérit.

« Mais en plus, la batterie dure plus de 2 heures !

— C'est bon je la commande dès ce soir, tu m'as convaincu.

— J'en connais une qui va être contente. Plaisante le passager arrière.

— Je ne perds pas le nord, j'vais passer une nuit de folie.

— Aie, aie, aie, Attention la Magalie. »

Ils rigolent.

Moi non.

J'espère qu'on arrive bientôt au commissariat.

*

J'suis dans le bureau de l'Officier de Police Judicaire, les faits sont graves, me dit-il.

Le patron du bar, la fille et le mec ont porté plainte contre moi, mais les flics voient bien que je suis déformé j'ressemble à Shrek mais c'est moi qui me fais péter.

Apparemment, j'aurais oublié quelques détails.

« La victime qui répond au nom d'Elza Hu**** nous a dit que vous lui aviez touché la poitrine à plusieurs reprises, Monsieur. »

Putain c'est chaud, j'suis débile, faut vraiment que j'arrête de boire.

Y'a un flic gentil et un méchant d'habitude, la, les deux sont sympa, je ne nie rien, je n'oublie rien, faut que j'assume, j'ai pas le choix.

Plus ils me racontent et plus j'ai des flashes de la soirée.

61

Quelle honte !

J'ai envie de gerber, j'ai mal au bide énervé et une envie d'crever pas possible.

« Puis vous auriez quand même cassé une bouteille sur la tête du Monsieur avec qui vous vous êtes battu… »

C'est vraiment dur à entendre.

J'vais manger mon procès c'est sûr, tout ça parce que je suis trop con. L'officier me tend les photos de l'état de l'autre type, j'vois un mec genre 25-30 ans profil gauche, des pts de suture sur la gueule, une petite coupe dégradée derrière les oreilles, un tatouage sur la nuque. Il ne me dit rien.

« C'est moi qui lui ai fait ça ? »

L'OPJ me répond que oui, il me tend une autre photo du profil droit de la victime cette fois.

Impossible de voir s'il a l'œil crevé sur la photo, il a un pansement sur la moitié du visage. Ma tête tombe entre mes mains, j'pleure pas, j'bronche pas.

Merde, fais chier.

*

Menottes aux poignets ils me dirigent vers les cellules, en passant à côté des bureaux y'a un commissaire qui écoute la musique, « Tostaky » un morceau de Noir désir, j'titube.

Ils m'enferment dans la cellule de garde à vue.

Seul, encore.

J'ai tout niqué, encore.

Un bruit vient de derrière la porte, j'vois un keuf qui tient une madeleine et un jus de fruits, putain m'dit pas que c'est ça mon repas.

La porte s'ouvre, l'agent jette ma collation à mes pieds.

Super.

Il fait froid dans leur taudis, y'a bien une couverture mais vu l'odeur j'vais juste me foutre en boule dans un coin. J'ferme les yeux j'entends ronronner, j'regarde d'où vient le bruit, sur le rebord de la fenêtre, une ombre féline me mate.

Daisi.

7

Le temps va être long tout seul dans cette cellule. Cela dit, dehors aussi j'suis seul et enfermé, enfermé dans moi-même.

*

J'vais me reprendre.

*

J'y retourne c'est décidé, j'pense à ses baskets, aux miennes, aux leurs. J'vais essayer de l'oublier en enfilant une de ces paires qui dansent derrière les vitrines.

Les mains dans les poches, les yeux sur les gouttes d'humidités qui s'ballade comme moi au gré du vent, l'menton dressé face à cette ville qui me dévisage avec ennuie du haut de ses 4 heures du matin, les night shop sont encore ouvert et moi j'suis encore fermé à toutes leurs conneries, j'trouve pas ma place entre l'éboueur, le clodo ou l'conducteur de tram.

On ne sert à rien moi et mes 25 piges.

Si la société ne m'ouvre pas les bras, la solitude l'a fait, il me reste juste assez d'espoir pour espérer qu'elle ne va pas non plus me claquer la porte au nez.

Mes TN percutent une canette de Carapils. Le petit bonhomme est rouge, j'lève la tête au ciel, l'air est frais l'odeur de macadam humide m'rappelle l'époque et les potes, les sorties vélo, l'quartier et ma mère. Finalement, j'crois bien que le seul truc qui m'a abandonné depuis tout ce temps, c'est moi-même. Mes semelles remplies d'air s'écrasent sur les mégots, sur les crachats et sur mes rêves.

Sur la route, j'tombe nez à nez avec 3 paires d'Adidas qui ont l'air complètement bourré, y'a pas de poil sur leurs cailloux, polo Fred Perry et touti quanti.

Merde.

L'une d'entre elles se fout sur ma TN pour une histoire de survêt, de casquette, j'sais pas quoi selon eux j'suis un suceur d'arabe.

J'reçois un crachat sur le pied.

J'ai pas le choix. Fais chier. Le ton monte, j'lui envoie une patate dans la mâchoire. Dans ma vision périphérique j'aperçois un de ses collègues qui s'avance vers moi j'ai pas le temps d'esquiver j'prends un coup de tête, j'tombe. Les rues sont tellement dégueulasses, à terre j'suis juste à côté d'un cadavre de bouteille de pinard, j'évite un penalty de justesse, sa tête s'approche, j'attrape la bouteille et j'lui éclate sur la gueule. Il est salement ouvert, ça pisse le sang, j'en ai sur le visage, mes mains se tailladent sur les verres au sol quand j'essaye de me relever mais j'prends trop de coups d'lattes. J'fixe le sol, mes narines ne sentent même plus l'odeur de pisse j'vais pas arriver à m'relever il pleut des mandales c'est chaud. T'façon c'est trop tard j'reste face à terre.

« Tiens, ça t'apprendra à trahir notre nation pour faire comme ces sales bougnouls. »

À croire que j'me fais casser la gueule une fois par mois. Bon ratio.

C'est vrai que c'est dur de se relever. Au niveau du trottoir, y'a plus d'amour propre. T'façon j'ai perdu tout amour propre quand j'ai commencé à tremper ma queue dans des cuisses qui s'ouvrent pour 40 billets le quart d'heure. Mes requins m'aident à ramper jusqu'au pas d'une porte d'immeuble qui se trouve à 10 mètres de là où je suis.

Au bout d'un moment, j'finis par me ramasser.

Night shop ouvert, j'vais m'reprendre une canette, comme j'traîne trop dehors c'est pas possible de s'faire autant pété la tronche, ça m'arrive une fois par mois sérieux. À voir la gueule que tire l'paki quand il me voit rentrer dans son épicerie, j'dois pas être beau à voir. En me servant une bière dans le frigo, mon reflet me fait pitié, j'suis parti pour un autre cocard. J'prends une bouteille d'eau pour me rincer le visage.

« Tu devrais aller te coucher. »

M'envoie l'épicier.

« Ouais. »

J'y envoie une pièce en échange de la canette et d'la bouteille, il me donne du sopalin.

« Merci. »

Il fait frais, sur un bord de fenêtre je pose le bouchon de ma bouteille, j'ouvre un mouchoir et verse de l'eau sur mes plaies. C'est bon. Ça fait du bien. Un peu d'eau sur la tronche et j'suis comme neuf, j'escampe les mouchoirs par terre et vide le reste de la bouteille dans ma bouche.

*

J'veux pas rentrer chez moi, encore moins seul.

*

Mes TN se trouvent encore devant leur ballerine, talons et autres godasses. Les portes s'ouvrent et se ferment en laissant s'échapper l'odeur de lingette et de deo. J'ai les semelles imbibées d'alcool et tailladées, j'crois comprendre que leurs talons ne veulent pas de moi. Même si j'paie j'dois rester tout seul c'est quoi l'embrouille.

J'interpelle un tapin.

« Pourquoi tu ne veux pas que je vienne avec toi ?

— Tu as bu !

— Hé tu t'attends à voir quoi comme genre de gars à 4 h du mat hein ? »

Avec sa main, elle me fait signe de partir.

« J'partirais pas, j'm'en bats les couilles.

— Je vais appeler la police alors, me menace-t-elle. »

Ben qu'elle les appelle, j'ramasse une caillasse et la jette dans sa vitrine, v'la l'impact que ça laisse sur la vitre.

« J'te demande pas la lune, juste de m'aimer pendant un quart d'heure sale pute ! »

J'crache sur la vitrine en m'éloignant.

« C'est pas compliqué, prends mes 40 billets et ferme ta gueule. »

*

À croire que la solitude est le cancer de l'âme.

8

J'ai la bouche sèche quand j'me réveille. J'ai zappé ce que j'ai branlé encore hier. Faut que j'arrête la boisson ma parole.

*

Sur les quais, 14 h 30, grand soleil, j'marche pour aller dans le centre-ville, une meuf passe à côté de moi, nos regards se croisent, j'me retourne, elle se retourne, on se fixe, elle est belle, fraîche, pétillante, ses yeux verts me donnent des frissons, on plonge dans nos âmes, le soleil reflète sur ses épaules laisser à découvert par son débardeur, elle se remet la frange en souriant.

Elle reprend sa route. J'reste seul sur le trottoir là regardant partir. En deux secondes, j'l'ai rencontré, j'ai appris à la connaître, j'l'ai aimé puis je l'ai haï.

Elle sort de ma vue, j'continue ma vie comme si de rien n'était.

*

Peut-être qu'elle m'aidera à l'oublier.

9

*

Avec l'autre, c'est pas mieux en fait.

*

J'suis à table avec mon pote L. et sa meuf qui a ramené une copine à elle. Une rousse fringuée avec une petite robe noire qui lui moule sa poitrine. J'sais pas ce qu'est son parfum mais j'ai l'impression qu'il m'envoûte.

Quand elle parle, j'regarde mon pote, il comprend que sa voix de sirène va m'attirer dans l'eau, il essaye de m'attacher au mât du navire mais j'me laisse pas faire, j'veux pas, j'veux qu'il me laisse sombrer dans ses profondeurs. Il me regarde et rigole, je me marre aussi on a tous les deux compris que j'aller goûter aux ténèbres de cette meuf. Pourtant je n'ai pas envie de baiser ni d'éjaculer j'ai juste envie de rentre dans l'intimité d'une femme, de profiter du confort d'être avec elle avant de retourner dans l'enfer routinier de mes journées. Au moins L., lui ne va pas faire ami-ami avec ma meuf, donc pas de chance qu'il bave, il comprend que j'me bats déjà assez avec moi-même mais surtout pas de blabla, ma meuf ne va pas se confier à lui pendant que moi j'me confie aussi. On la connaît la patate du pote au milieu qui veut jouer le médiateur, s'faire enculer j'ai passé l'âge de leur connerie. Laisse-moi sombrer en paix, n'essaye pas d'me sauver sous prétexte que t'es mon ami.

T'es mon ami ?

Bah, ramasse-moi quand j'me répands.

Bref.

J'entame une discussion avec cette beauté.

« Tu fais quoi dans la vie ? »

J'm'en branle en vérité. J'ai juste envie d'me laisser bercer par ses paroles. Elle me raconte son taff de préparatrice en pharmacie, ça me repose d'l'écouter me parler de ses gestes mécaniques, j'bois une gorgée, j'suis pas le seul à le dire mais je ne bois pas par ce que j'ai soif mais si j'picole c'est pour me saouler.

« … on prend les médicaments puis on… »

J'ai rien à dire d'intéressant moi, j'vais raconter quoi, que j'écris de pauvres histoires, soyons réaliste, tout le monde s'en branle.

« … puis quand un client donne son ordonnance au pharmacien… »

Ça va plomber l'ambiance si j'commence à parler d'ma mère, qu'elle est seule avec son clébard, qu'elle met tout son espoir dans un type qui s'en bat les couilles, à part se tirer niquer ailleurs et la laisser sombrer, il n'a rien fait d'autre, ce fils de pute, j'bois une gorgée, elle a perdu 20 kilos on dirait un cadavre, j'suis dégoûté d'la voir en photo, elle est passé où la belle blonde de l'époque, celle qui était si forte, qui a su élever son gosse, seule à travers toutes les épreuves, un jour j'vais rentrer chez elle, j'vais la retrouvé l'caisson éclater, j'bois une gorgée, sa vie de merde, elle est née sous l'étoile noire t'façon.

« … et t'façon, il suffit de mettre les boîtes da… »

Mon père, parlons-en de mon père, j'ai passé tellement de temps à lui cracher dessus que le jour où j'me suis rendu compte que j'étais pareil j'en ai chialé des heures. Putain, quand j'ai vu ses fissures, j'ai compris qu'on avait les mêmes. Tel père tel fils. J'suis pas sûr de pouvoir être un meilleur père que ce que j'ai pu être un bon fils, meilleur père que lui je ne pense pas, quand on traite son vieux de sombre connard on passe un palier, on s'rend même pas compte de ce qu'il endure et lui ne dit rien, dans sa fierté il ne lâche rien.

« … enfin, ce n'est pas tous les jours un métier facile tu… »

Et moi.

Et moi j'suis toujours là à écouter une cruche beaucoup trop bonne pour mon corps de lâche blablater ses journées interminables.

J'langui d'aller me coucher, j'serais mort saoul pour dormir c'est parfait, très facile de s'endormir quand le cerveau ne fonctionne plus.

*

J'la regarde se déshabiller, j'essaye de tout oublier dans ses formes, quand j'touche sa peau ça m'apaise, j'me sens léger, quand j'la pénètre j'suis dans un autre monde, quand j'éjacule ça m'fait l'effet d'un anxiolytique. Putain.

J'me sens moins seul que d'habitude.

J'me réveille avec elle, c'est confortable j'adore le moment juste avant d'ouvrir les yeux, mes muscles sont encore engourdis, j'suis pas chez moi, dans un bon lit pour une fois, pas dans mon matelas posé sur mon lino. Je suis au chaud, un rayon de soleil sur mon torse me réchauffe l'ensemble du corps, pas de volets dans cette chambre aux murs jaune.

Ça va.

Puis j'retrouve ma meuf.

*

J'aime ma copine de tout mon cœur de pierre avec cette barrière de glace entre nous. L'amour c'est un genre d'illusion de bonheur éternel qui cache un tas de merde.

*

Voilà, encore, fais chier.

*

J'dois lui dire. Dès que j'la vois se donner à fond dans notre relation je me sens comme le pire des fils de putes, j'sais pas si j'ai le sourire franc, j'sais pas si elle le sent. Mes yeux puent l'remords, mes gestes puent la culpabilité et mes fringues puent l'parfum d'l'autre mais j'ai trop envie d'voir comment sont les autres femmes nues, comment s'expriment leur plaisir, comment sont leurs seins et leurs fesses, le poids de leur chair m'intrigue au plus haut point que j'en viens à coucher avec elle pour ne serait-ce que voir ce que ça fait. Si j'ai le malheur de croiser la route d'une petite avec un accent à couper au couteau prononcé par une voix cassée, j'vais tomber sous le charme.

J'aime ma femme sans avoir besoin de coucher avec mais j'n'aime les autres que pour les baisers.

J'sais pas pourquoi je ne peux m'en empêcher. J'baise une autre et après j'culpabilise.

*

Elle me regarde et me dit :

« Salut, mon chéri, bien dormi ?

— Hum, oui, nickel, et toi ? »

La culpabilité doit s'entendre à ma voix.

« Tu sais ce dont j'ai trop envie là ?

— Non.

— C'est de faire l'amour avec toi, me dit-elle.

— Oh, moi aussi tu sais. »

C'est faux j'ai les baloches comme des sachets de thé.

« Attend ce soir, j'vais te faire des trucs tu ne vas pas savoir d'où ça sort.

— Ah ouais ?

— Ouais, tu vas mettre des semaines à t'en remettre. »

Je ne surenchéris pas, j'y arrive pas, j'ai plus envie. Je l'aime mais je n'ai pas envie d'elle.

« Tout d'abord, dit-elle en s'approchant de moi. J'vais t'ouvrir la braguette, là au milieu du salon. »

Elle ouvre mon pantalon.

« Puis j'vais sortir ton sexe… »

Merde.

« … pour y approcher ma bouche… »

J'ose pas l'arrêter.

« … Et prendre ton gland dans ma bouche. »

Elle s'exécute, j'galère à bander. Elle relève sa tête vers moi.

« Dis donc, tu fais le difficile ce soir ? Qu'est-ce qu'il y a, tu t'es branlé ce matin ou quoi ? dit-elle sarcastique. »

Elle rigole.

Sa bouche englobe ma verge, elle y met de tout son cœur, ça aurait pu être la meilleure pipe de ma vie et moi j'suis bloqué, j'ai des flashes de la petite d'hier. Ses yeux me regardent comme les autres qui me lorgnaient droit dans les pupilles.

J'sens encore le parfum de l'autre, drôle de sensation qui emplie mon bide, j'ai envie de vomir, j'me lève, elle se demande ce qu'il se passe, j'dégueule toute la bile de mon estomac dans les chiottes, j'suis tout blanc.

« Qu'est-ce qu'il ne va pas mon chéri ?

— Sisi t'inquiète, j'arrive. »

Sentir son odeur me rend malade.

*

J'emmène ma douce chez Séphora, elle veut un parfum pour son anniversaire. Je la regarde choisir, encore le cerveau embrouillé par l'autre soir. Je jette un œil aux meufs qui rentre dans la boutique.

Sac Gucci, Nike Air max, veste Burberry.

Elle revient en ayant trouvé son parfum, toute contente elle se dirige vers les caisses.

Moi je suis vide.

La caissière s'empare du parfum et s'adresse à ma copine :

« La petite robe noire de Guerlain ? Hum Excellent choix mademoiselle. »

La petite robe noire.

10

Y'a l'autre moi et les autres.

*

J'arrive sur paris, j'ai laissé ma compagne avec mes petits pour la semaine, rendez-vous d'affaires oblige. J'marche dans le couloir du métro et ses odeurs de pisse. J'sors à l'arrêt saint Michel, J'me pose à un café, j'commande une pression. La serveuse qui me l'apporte est magnifique, yeux verts, cheveux bruns. J'suis assis mais elle a l'air un poil plus grande que moi, j'suis fasciné par sa démarche à l'aise avec les plateaux remplis de boisson. De là où je suis, on dirait que ses hanches connaissent parfaitement la disposition des tables, les esquives sont aux millimètres près, elle effectue une danse envoûtante sur la terrasse.

Elle pose ma bière ainsi que le ticket de caisse. J'regarde son prénom sur le ticket.

Service : « Lina ».

Tout en cherchant de l'appoint, je lui dis :

« Lina ? C'est Votre prénom ? »

Elle me répond oui, se remet la frange en place et enchaîne sur la raison de ma question.

« Pour savoir, c'est pas commun comme prénom. »

Elle prend la monnaie.

« Mais peux être que vous n'êtes pas une femme comme les autres non plus. »

Elle sourit et continue son service.

J'sors un bouquin et fais mine de lire en balançant des coups d'œil pour voir si Lina me regarde. Au bout de quelque temps, on s'échange un regard furtif. Cette chaleur dans le ventre, ça fait tellement longtemps que ça ne m'est pas arrivé. Son regard insistant va me rendre dingue. J'ai envie d'lui faire des enfants, faut pas que j'oublie que j'en ai déjà deux et une femme aussi, accessoirement. D'ailleurs, je vais lui envoyer un SMS pour lui dire que tout va bien.

« Coucou, ma chérie, je suis bien arrivé à paris, je bois un café en terrasse en pensant à toi et aux enfants en attendant de retrouver mes collègues à l'hôtel, je t'embrasse ;) »

Faut bien la rassurer un peu.

J'recommande une bière. Un gars vient me servir.

« Vous savez à quelle heure votre collègue finit son service ? », lui dis-je en désignant Lina au bout de la salle. Il ne me répond pas et prend la commande des clients à côté de moi, j'me replonge dans mon livre.

Il revient avec mon demi, la note.

« 18 h 30. »

Je lève la tête en direction de Lina qui me rend mon regard avec un énorme sourire. Je craque. Je remercie le serveur en lui laissant un pourboire. Chaque fois qu'elle passe à proximité de moi je sens le poids de ses yeux me provoquer une montée d'adrénaline. Chaque fois que je vois son chemisier s'entrouvrir pour laisser apparaître les formes de sa poitrine quand elle se penche le monde autour s'efface. Chaque fois que je l'imagine se mordre les lèvres… p'tain.

J'suis coupé par la sonnerie de mon téléphone, c'est ma femme, je mets en silencieux je la rappellerais ce soir. J'vais lui envoyer un message histoire qu'elle ne se fasse pas de soucis ensuite j'range mon téléphone.

Lina passe à ma droite, regarde mon livre, c'est un bouquin de Bernard Werber « Les Thanathonautes. ». Apparemment, elle adore cet auteur, surtout « L'ultime secret. ». L'histoire de ce bouquin tourne autour d'un homme qui meurt pendant l'amour à la suite d'un orgasme trop puissant qui lui déclenche une crise cardiaque.

Message subliminal.

Elle veut m'baiser jusqu'à ce que j'en crève. J'sais pas si j'délire mais moi c'est ce que j'ai compris. J'me lève, elle passe à côté de moi.

« Vous partez déjà ? »

Sourire.

« Je vais faire un petit tour en attendant 18 h 30. »

Clin d'œil.

Sourire. J'pars en sifflotant, j'rentre dans une pharmacie, j'prends une boîte de capote, j'sors, il fait beau, j'me sens bien, j'vais dans un tabac, j'prends un paquet de Marlboro, ça fait mal au cul c'est vrai, il faudrait que j'arrête un de ces quatre, j'ouvre le paquet, j'sors une clope, j'l'allume, j'arrêterais plus tard hein.

*

18 h 30, j'retourne chercher Lina, j'l'attends devant la brasserie où elle travaille. J'la vois arrivée au fond de la salle,

y'a pas à dire, ça lui va mieux le mariage short/débardeur, plutôt que le slim noir/tablier qu'elle porte quand elle bosse.

On rentre chez elle.

*

Sur le trajet, on passe dans une épicerie de nuit. On prend du vin, du rouge et des clopes.

Je reçois une photo de ma femme, un selfie avec mes deux petits, ils sont allés faire un tour à la fête foraine, ma dernière est maquillée en panda, ils sont si beaux.

« Vous me manquez, bisous, je vous aime. »

*

On est posé dans le salon de Lina.

J'envoie un texto à ma femme.

« Je t'aime ma chérie, bonne nuit : * »

J'pose mon téléphone sur la table de chevet et j'commence à me servir un verre de vin rouge avec Lina.

On trinque.

C'est bien agencé chez elle, petite table basse blanche gigogne de chez DOOLY, grand canapé d'angle en cuir sur lequel j'vais sûrement l'enfourné mais le cuir c'est chiant ça colle avec la sueur, au-dessus du canapé y a un tableau d'Edward Munch « Le cri » une reproduction, certes, qui donne un air anxiogène à la pièce. J'me fais déjà tout un film de cette soirée.

SMS de ma femme.

« Moi aussi je t'aime, les enfants te font un bisou, j'espère que ta journée s'est bien passée, mon ange <3 »

Je réponds.

78

« Oui, très bien, tu sais j'ai invité les Garcia à manger samedi prochain, ça va être bien et le lendemain on ira à la rivière avec les petits si tu veux ;) »

Lina me demande ce que je fais dans la vie, j'lui réponds que je suis Juriste dans un cabinet privé et que j'suis venu en séminaire sur la capitale.
Elle me demande si je vis seul, je lui réponds oui.
Quel mytho !

« Trop cool pour la rivière, j'ai hâte de te voir, j'espère que tu pourras m'appeler demain : D »
Lina se jette sur moi, elle m'embrasse, je lui caresse la poitrine. Ses jambes me passent par-dessus, ses fesses bougent en rythme des flammes de la bougie qui est sur la table, il n'y a pas un bruit. Elle se lève me dit de la suivre dans sa salle de bain. On se lève. J'prends mon portable.

« Bien sûr ma chérie, je languis de te voir aussi <3 Tu as fait quoi aujourd'hui ? »
J'pose mon portable sur le bord de l'évier. Elle me déshabille en m'embrassant. J'me retrouve être le seul à poil, elle s'agenouille, attrape mon gland et le fout dans sa bouche. J'fais des allers-retours dans sa gorge en me regardant dans le miroir. J'sors ses seins, j'soulève sa jupe comme ça j'peux aussi mater son cul dans la glace en face de moi. J'aime trop le corps des femmes. Elle se redresse pour aller enlever ses habits. Lina a une odeur particulière, ça doit être son parfum, un genre d'odeur qui oscille entre vanille et caramel. Il n'y a qu'elle qui sent ça, son appart lui porte la senteur du cuir qui provient de son canapé.

« J'ai fait les courses et après avec les petits on est allé manger une crêpe en ville. C'était super : D. D'ailleurs, ils te préparent une surprise pour ton retour mais fais comme si je ne t'avais rien dit ;). »

Les fesses de Lina me rendent complètement dingue ce qui m'excite le plus chez elle c'est son tatouage sur les côtes, elle s'est fait tatouer une montgolfière, c'est poétique. Je fais couler l'eau dans sa baignoire.

« D'accord promis, je jouerais la surprise, j'espère être assez bon acteur <3 »

Je vais dans le salon récupérer la bouteille de rouge, j'en bois une grande gorgée. J'me regarde dans le miroir du salon, à poil, j'suis plutôt pas mal pour mon âge, musclé mais pas trop, poilu mais pas trop. J'comprends qu'elle craque toutes sur moi.
Je rigole.
J'retourne dans la salle de bain et m'assois dans la baignoire en attendant que Lina me rejoigne.

« Ça, je ne sais pas si tu es un bon menteur : p Et toi tu fais quoi ? »

Lina rentre dans l'eau à son tour, se tétons pointent, elle n'a aucun poil sur le corps.
« Je suis affalé sur mon lit dans ma chambre d'hôtel tranquille devant la TV, je pense à toi :) Je suis épuisé du voyage, si je ne réponds pas c'est que je dors ; bisous, ma chérie, je t'aime »
Lina me dit que je suis souvent sur mon téléphone quand même.
« Et ouais, tu sais, le travail n'attend jamais. Mais c'est bon promis je le range. »

Je mets le mode vibreur et j'escampe mon téléphone sur mes habits. Elle me caresse le torse en me dévorant des yeux. Toutes ses questions tournent autour de ma vie. J'peux lui dire ce dont j'ai envie, de toute façon elle ne peut pas vérifier, j'lui ai même pas dit mon vrai prénom. Ni mon vrai métier. Et ce n'est pas plus mal.

J'm'invente une vie qui m'offre un nouveau regard. j'suis plus le père absent ni le mari qui trompe sa femme, j'suis un nouvel homme, celui de ce soir est juriste. Quelquefois, j'ai été pompier, flic ou encore infirmier. Maxime, Xavier ou Mathieu, peu importe comment j'm'appelle. Forcément faut pas que j'me grille, ni que j'oublie mes papiers d'identité en vue sinon c'est cramé mais c'est jouissif de s'inventer une nouvelle vie, on va pas s'mentir.

J'vous arrête tout de suite j'suis pas mythomane, j'ai juste compris avec le temps, qu'avant d'arriver à aimer sa famille il faut pouvoir s'aimer et tu ne vas pas t'aimer avec quelqu'un qui voit tout tes défauts, faut bien s'faire mousser de temps en temps.

Lina monte sur moi, elle me caresse le menton, elle me dit que je suis beau, que j'ai un sexe qui lui plaît, elle ne me connaît pas mais elle aimerait bien faire un bout de chemin avec moi, apprendre à me connaître, selon elle j'ai l'air d'être un mec super, cultivé, droit dans ses bottes et qui ne plaisante pas avec l'honnêteté.

Ouais, j'crois que je lui ai un peu trop bourré le mou.

Je l'embrasse pour qu'elle arrête de me raconter sa vie.

Elle sourit.

J'enfourne ma langue dans sa bouche, j'ai la trique comme à mes 20 balais, c'est une fontaine de jouvence cette femme.

*

On finit la soirée dans son lit.

J'm'endors même pas, j'attends qu'elle ronfle puis j'me rhabille et j'me barre d'ici. Sortie du lit, je tangue, j'suis salement ivre, la journée risque d'être longue. Dans le noir, j'dois retrouver mes affaires, en tâtant le sol, j'fous ma main sur la capote qui s'est vidée sur le sol, c'est dégueu, tant pis. J'me barre avant qu'elle ne se lève. J'passe devant la cuisine, j'reviens sur mes pas, j'vais quand même dans le frigo voir s'il n'y a pas un truc à boire qui traîne. J'ouvre le frigidaire, une bière, génial, je referme le frigo, en claquant la porte j'fais tomber un magnet des départements de France. J'fais tomber le Gard, putain mais tout le monde collectionne ses trucs de merdes, bref ce n'est pas l'moment, j'me taille.

J'me retrouve dehors, il est 6 h du mat j'me regarde dans le reflet d'la vitrine d'une boutique de bande dessinée, j'ai les lèvres noires à cause de la vinasse et des cernes de fumeur de crack, j'vais être beau au taff tiens. Les premiers métros sont déjà en activité depuis une heure, je n'ai plus de batterie sur mon GSM et je ne me rappelle plus la ligne que je dois prendre pour retrouver mon hôtel.

J'm'enfonce dans les entrailles de la ville, j'ai hâte de retrouver ma femme chérie ainsi que mes enfants mais surtout d'laisser derrière moi l'odeur de pisse, de cuir et de vanille.

11

J'crois que le bordel est à moitié vide.

*

« Tu fais quoi ? »
J'envoie le message. J'sais pas si elle va me répondre.
J'me prends un café en terrasse, place de la Comédie, il fait si beau.

*

J'ai l'impression d'être amoureux mais tout seul. Mes textos restent sans réponse, j'comprends pas pourquoi elle ne me répond jamais. Pourtant je n'en envoie pas trop, enfin, il me semble. Mais là, il est 12 h 45 elle doit être en pleine pause, elle pourrait me répondre. Il a dû lui arriver un truc de grave, genre se faire percuter par une voiture. J'me passe la scène en boucle, j'vois sa belle chevelure rousse tachée de sang, allongé sur le sol.
« Faut qu'j'arrête de penser à ça. »
En même temps, c'est toujours aussi bizarre qu'elle ne me réponde pas, autant elle couche avec son pote là, Stéphane.

Maintenant, j'l'imagine en train d'le sucer et d'se faire baiser dans son bureau, j'sais pas ce qui me fait le plus mal, imaginer qu'elle le fasse vraiment ou alors que son plaisir ne m'appartienne plus, qu'elle ne m'appartienne plus. Je n'arrive même pas à boire mon putain d'café.

J'me barre de la terrasse, j'm'enfonce dans les petites rues du centre-ville, j'vais aller bouffer, ça me fera du bien. T'façon, j'm'en fous si elle me trompe je la trompe aussi ou j'la tue, j'm'en bats les couilles elle croit quoi, que j'peux pas la remplacer moi aussi.

« HAHA. »

Bloqué dans ma gamberge, impossible de ne pas tourner en boucle, pourtant j'ai la dalle, mais j'suis indécis je ne fais que penser à elle, qu'elle doit être en train de souffrir dans son sang sur la route, ou alors en plein orgasme avec Stéphane.

J'la rappelle, toujours rien.

*

Elle fout quoi, elle n'est toujours pas rentrée, j'suis sûr qu'il lui est arrivé un truc, son portable est éteint. Elle a vraiment dû s'faire percuter par une bagnole ou alors j'suis sûr qu'elle me trompe, elle doit vraiment baiser avec un gars de son boulot cette pute, c'est sûr, elle n'est jamais en retard.

J'essaye de la rappeler.

34 appels manqués.

Pourquoi elle ne me répond pas cette connasse, elle va voir quand elle va rentrer.

Putain faut que j'me calme, j'vais écouter Rachmaninov « Prelude in C sharp minor » du piano c'est parfait ça pour se détendre mais j'reste persuader qu'elle rigole avec son Stéphane là, son pédé de comptable, il a quoi de plus que moi, j'l'encule s'il est pas content lui.

J'allume notre ordi, tombe sur sa page Facebook, elle ne s'est pas déconnectée, j'vais fouiller dans ses discussions. Marie, Sophie, son frère, Stéphane, le fameux Stéphane avec sa gueule de pédale sur sa photo de profil, j'piges même pas comment elle peut s'intéresser à lui. Remonte la conversation, y'a pas grand-chose, des histoires de dossiers invendus.

Elle a dû tout effacer, elle a sûrement laissé une trace quelque part dans les archives. Non, dans sa boîte mail alors.

J'trouve rien.

Ah si elle like ses photos, la plupart de ses photos, elle croit que j'suis née hier ou quoi. Ya forcément un truc qui va la trahir. J'relis la conversation, tiens voilà j'avais loupé un message de ce matin.

« Tu t'rappelles qu'il y a réunion pour le business plan ce soir, ramène le dossier de Peruzzi. »

HAHA.

La faute de débutant, croire que j'vais gober ça, ils savaient que j'allais fouiller et ont planifié leur coup les enculés hein. J'applaudis l'effort, c'est touchant mais j'vais pas les louper.

*

V'la qu'elle rentre enfin.

J'veux pas lui parler. Pourquoi elle sourit ? Ne sourit pas putain, tu m'énerves. J'vais faire comme si je ne l'entendais pas, j'reste dans la chambre, j'baisse même pas la musique.

« Coucou tu es là ? »

Non, je ne répondrais pas.

« T'es la, mon chéri ? »

C'est ça, fait comme s'il ne s'était rien passé. J'vais bien te faire chier.

« J'vais me laver. »

Elle s'enferme dans la douche. Elle doit sûrement vouloir enlever l'odeur de l'autre mec. C'est moi qui l'aime et personne d'autre. C'est moi qui la baise et personne d'autre. C'est moi et seulement moi qui la désire.

ET PERSONNE D'AUTRE.

Elle débarque dans la chambre.

« Alors on ne vient pas me dire bonjour ? »

Silence.

« Non. T'étais où ?

— Ben au travail. Quelle question ! dit-elle en essayant de me faire un bisou, je l'esquive. Mais qu'est-ce qu'il t'arrive ?

— J'ai essayé de t'appeler moi. Au moins 34 fois. Tu faisais quoi ?

— J'avais une réunion avec le conseil d'administration, tu le sais je t'en ai parlé la semaine dernière.

— Tu ne m'en as jamais parlé.

— Bien sûr que si, fais un effort, sort-elle en se séchant assise sur le lit.

— Si j'te dis que non, c'est que c'est non, j'suis pas fou, t'étais sûrement avec Stéphane n'est-ce pas ?

— Mais qu'est-ce que tu racontes ?

— Je sais que t'aime bien aller boire des coups avec lui, ne mens pas.

— C'est un collègue de bureau, de toute façon il est maqué et en plus de tout, tu sais que je t'aime trop pour te faire souffrir.

— Pourquoi tu ne répondais pas alors ?

— Je n'avais plus de batterie, je te l'ai dit déjà. »

Silence.

« J'suis sûr que tu mens, fais voir ton téléphone alors.

— Je te dis qu'il n'y a rien à craindre, t'as juste oublié ça arrive et le principal est que je sois là devant toi, dit-elle en m'enlaçant. »

Je la pousse contre le mur.

« Tu ne comprends pas que j'ai vu sur Facebook son message pour la réunion mais tu crois que j'ai pas compris ? Votre petit manège est bien rodé mais il en faut plus pour me niquer moi !!

— Mais qu'est-ce que tu racontes ? me dit-elle.

— Essaye pas de m'endormir, faire semblant qu'il t'envoie un message pour te parler de cette « Réunion » pour te donner un alibi.

— Putain mais t'es complètement taré, va te faire soigner !

— MOI ?! TU NE DIS PLUS JAMAIS QUE JE SUIS FOU !!!!! »

Je me lève du lit.

« Voilà, je la vois ta technique, tu vas botter en touche en disant que je suis malade pour que j'oublie cette histoire. De toute façon, c'est ça qui te plaît hein ? Te faire baiser par un autre ? T'es donc une pute comme les autres ! »

Je lui hurle dessus à m'en décoller les poumons.

« Je sais que tu me trompes, je n'ai pas besoin de te l'entendre dire, j'en suis convaincu. »

Je tourne en rond dans la pièce, j'bave quand je parle, je n'entends même pas ce qu'elle essaye de me dire.

« Tu es vraiment trop conne pour comprendre ce que je vis de toute façon, tu penses qu'à ta gueule. »

Elle s'est recroquevillée dans un coin du lit, j'vois la terreur dans ses yeux boursouflés par les larmes où mon reflet grandit au fur et à mesure que je m'égosille contre elle, j'me retourne et j'mets un chassé dans ma table de chevet, la lampe lui vole dessus, elle bondit hors du lit, ramasse la lampe et me la rejette dessus. J'ai le front qui saigne, une petite égratignure causée par l'ampoule que j'viens d'me recevoir, rien de plus.

Le morceau de Rachmaninov tourne encore en boucle.

« Excuse-moi, je ne voulais pas te blesser. »

C'est trop tard, je n'entends plus rien. Je l'attrape par les cheveux, la jette sur le sol et lui envoie un grand coup d'latte dans la gueule.

Elle crie.

J'lui arrache son débardeur, j'suis sûr qu'elle à un suçon sur elle. Cette pute l'a sûrement caché avec du maquillage, j'vais lui enlever moi tu vas voir. Je la traîne sur le sol jusqu'à la salle de bain. J'la jette sous la douche, elle se mange le bord de l'évier au passage.

Elle pleure.

J'allume l'eau, « Tu vas voir comment j'vais te faire partir ton maquillage moi, tu crois que tu peux me cacher que tu me trompes », l'eau est bouillante mais avec la rage je ne sens rien, plus je frotte et moins je vois de suçons et plus je m'énerve, j'ai du sang partout elle pleure ça me bande, j'vais bien trouver la preuve qu'elle se fait troncher par un autre cette salope.

Elle hurle quand j'lui fous le jet d'eau sur la gueule. J'mange un coup de genou, je l'attrape par la gorge et je serre de toutes mes forces.

Elle suffoque.

Son regard change.

J'crois que je lui ai pété le nez, elle pisse le sang.

Merde.

J'enlève mes mains de sa gorge.

Le sang se mélange avec ses larmes et la morve qui lui coule du nez.

C'est bien fait pour elle, j'crois, j'sais pas, j'sais plus. J'distingue mal les meubles autour de moi, je ne sais plus où je suis, j'ai des fourmis dans les doigts ainsi que sur les joues, mes oreilles bourdonnent et je vois trouble.

C'est pas possible, merde.

Elle est devant moi les seins à l'air à se tenir le nez pour éviter qu'il ne saigne davantage.

Je reste debout à la regarder se tortiller de douleur par terre, sa belle chevelure rousse est tachée de sang, cette chevelure qui m'a fait craquer le jour de notre rencontre, c'était à une soirée chez des collègues de boulot. Je ne sais plus quoi dire, j'crois que ce n'est pas réel. C'est faux, c'est un rêve, c'est obligé. Fin un cauchemar quoi. Je les aime moi ses cheveux roux, ce sont les miens. Les miens, c'est à moi, j'vais lui raser la tête, je suis le seul qui ai le droit de voir ses cheveux, je ne veux que personne la regarde, elle est à moi. J'me dirige vers la salle de bain pour prendre la tondeuse.

Elle me dit que ce n'est pas grave, que je n'ai pas fait exprès.

« Appelle les pompiers s'il te plaît, je ne dirais pas que c'est toi, je dirais que je suis tombé dans les escaliers. »

Il y a du rouge et du bleu sur son visage.

« Aide-moi putain, ne me laisse pas crever. Je t'ai dit que je ne te dénoncerais pas, je te le jure. Passe-moi le téléphone au moins. »

Sous la pression, mes gestes deviennent automatiques, je lui fais passer mon téléphone. Les pompiers décrochent. Ils envoient une ambulance et la mettent en attente, leur musique de standard c'est du Chopin, le mélange avec Rachmaninov dans la pièce sonne faux. Elle raccroche.

« Ils envoient une ambulance. »

Elle me regarde dans les yeux. J'arrive pas à croire que c'est moi qui l'ai saccagé. J'ouvre la porte de notre armoire, j'prends un pull dans ses affaires, le sweat qu'elle préférait me voir porter, elle a fini par le mettre comme pyjama, « Il y a ton odeur » qu'elle m'a dit la première fois que je l'ai vu avec. Je lui tends, elle l'enfile.

Il y aura son sang avec mon odeur.

*

On attend les pompiers en bas de l'immeuble, elle a honte de croiser les voisins, l'ambulance arrive elle rentre à l'intérieur, on explique aux pompiers qu'elle s'est entravée dans l'escalier. Ils ne posent pas plus de questions et s'occupent d'elle, son nez est cassé, ils doivent la transporter à l'hôpital, afin de voir s'il n'y a pas d'autres choses de pétées. Ils me demandent si je veux l'accompagner.

Elle répond « Non. »

J'vois une dernière fois son regard avant que les pompiers referment les portes.

Elle part avec le camion de pompier.

Rouge

Qui met ses gyrophares

Bleus.

12

Merde, merde et merde.

*

Elle rentre du travail, j'l'embrasse, elle me raconte sa journée, sa sortie piscine avec ses copines.

Moi j'pense encore à l'autre.

On couche ensemble, je pense à l'autre, j'm'imagine dans ses bras quand j'm'endors, j'm'imagine entre ses jambes quand j'couche avec elle, j'vie avec elle alors que je veux l'autre.

Quelquefois, j'fume une clope à ma fenêtre, j'm'imagine que l'autre pense à moi, j'sais pas, j'aimerais tellement, qu'elle rigole avec moi. Elle s'approche de moi et me prend par la taille, j'bronche pas. J'l'aime pas, c'est un bouche-trou, ça fait 1 an que j'vie avec une roue de secours. Elle parle de faire sa vie, de ses parents, de son travail, de notre futur, enfin, elle parle du futur qu'elle nous envisage sans savoir que j'vais m'barrer.

J'sais pas quand mais j'vais partir, j'attends juste que l'autre prononce mon prénom. Ses lèvres ne s'adressent plus à moi. Je jette mon mégot dans la rue, j'm'en veux, l'autre n'aurait jamais supporter, faut plus jamais que j'le refasse et comme ça peut être qu'elle reviendra, tu me diras je n'ai pas de nouvelles depuis qu'l'autre est partie. M'ayant vu jeter le mégot, elle me dit :

« Oh t'as encore escampé ton mégot par la fenêtre, pense à la planète un peu !! »

Putain mais qu'est qu'elle y connaît. Elle surenchérit.

« Oh, tu m'entends ? Pourquoi tu ne réponds pas ? »

Elle me casse les couilles, je n'ai pas besoin d'elle sérieux.

« Ouais désolé, j'suis KO du travail. »

J'lui réponds quand même, histoire de pas la blesser. J'me dirige vers la chambre. Pas la blesser, j'suis trop drôle, le jour où j'vais disparaître, ça ne va pas la blesser ça va l'achever.

J'me déshabille, j'me fous au lit, ce soir j'suis pas au top, a peine fini de manger déjà coucher, je la laisse ranger la table, on mange toujours dans le salon, sur la table basse, j'adorais faire ça avec l'autre. Elle est sur le canapé, elle vient me voir.

« Tu ne veux pas un peu rester avec moi devant la télé ?

— Non, merci, pas ce soir j'suis crever j'ai envie de dormir. »

Elle n'insiste pas, elle m'embrasse, me fait une petite blague, je ne rigole pas, elle repart s'asseoir sur le canapé, seule. Elle regarde l'amour est dans le pré j'entends qu'elle change de chaîne, j'la surprends même à venir voir si je dors de temps en temps, je fais semblant d'être dans un sommeil profond alors que j'pense à l'autre.

Ce soir va être le grand soir, je ne peux plus rester là à faire comme si de rien n'était. J'dois me barrer et vite.

*

La lune est au milieu du ciel, les immeubles dorment, je me lève, elle dort à côté de moi. Faut pas que j'la réveille. Pendant que j'fais mes affaires, j'réfléchis si j'dois lui laisser un mot ou pas.

Non.

Tant pis.

J'prends t-shirt, vestes, jean, survêt, basket et surtout le polo Lacoste kaki que l'autre m'avait offert. Je ne l'ai jamais lavé, persuadé que son odeur y est encore.

Au pied du lit, j'la regarde, elle, qui dort paisiblement.

Ses cheveux blonds en bordel sur l'oreiller, la bouche entre ouverte elle a l'air apaisé.

Aller, salut, à la prochaine.

*

Dans la rue, les lampadaires ne sont pas tous éclairés, y'a plus de tram et il fait froid. Heureusement, j'suis bien emmitouflé dans ma QUECHUA, mais j'sais pas où aller, j'vais pas aller chez l'autre. Quand même. Mais comment va-t-elle réagir quand elle va se réveiller, je n'ai laissé aucun mot. Rien. J'clos notre vie, sa vie. Elle va se réveiller, me chercher, se faire du souci, j'vais la laisser comprendre. Seule.

Seule devant le poids de l'absence, enlève un clou d'un mur il ne restera que le trou comme preuve d'une blessure que l'on ne peut refermer.

Seule, comme je suis seul depuis tout ce temps.

L'autre avait raison, seul c'est bien, j'ai plus aucun reproche à lui faire, elle m'a laissé seul mais c'est pour mon bien.

Je crois.

J'espère.

Aucune voiture à l'horizon, y a que les phares des voitures de police qui casse l'obscurité sinon pas un chat, rien. Faut que j'aille loin, le plus possible. J'visite des quartiers que je n'avais jamais pénétrés, cette ville est tellement grande, tellement belle, pleine de surprise et de vice. Dire que c'est l'homme qui à tout créé, l'homme a permis l'arrivé de Lucifer en foutant de sombres recoins dans cette masse grouillante de sang, de larmes, de foutres.

Sur un câble électrique, une paire d'Air max est suspendue.

13

J'ai rendez-vous avec elle.

Celle que j'attends depuis le début, air max, ligne 4 et tout l'bordel.

J'suis à un arrêt de métro, j'l'aperçois de loin, gorge nouée, je stresse, j'sais pas si j'dois lui faire la bise, rien faire, faut pas que j'panique.

J'la vois arrivée avec une paire de New Balance aux pieds, veste kaki, écharpe en laine grise.

New Balance, elle a changé ses chaussures. Merde.

Le changement.

Elle sourit, son sourire merde j'l'avais oublier depuis le temps, putain, ça fait du bien. Faut pas qu'je chiale.

J'tape la bise à mon ex, c'est bizarre, j'reconnais son odeur, sa voix et ses yeux.

*

Assis dans un bar on blague de tout de rien, j'me rappelle pourquoi je l'aime tant. J'ai pas dû discuter avec quelqu'un depuis des mois et des mois, tout me revient, la chaleur dans le ventre, le sourire, l'envie.

L'envie, ça fait tellement longtemps que je n'avais pas ressenti ça. Tout était devenu mécanique, aussi mécanique que

roter, manger, chier. Maintenant, j'ai envie de parler, de l'écouter
j'suis sûr qu'elle a des tonnes de choses à me raconter.

Si elle savait comme c'était dur sans elle.

*

« Alors t'as couché avec une autre ? »

La question fatidique, j'bois une gorgée.

J'mens ou pas.

« Ouais. »

Silence.

Ses yeux se remplissent de larmes, tout me saute à la gueule.
Elle non, elle m'a attendu.

J'me sens mal.

« Mais tu sais on était plus ensemble. »

D'un bond, elle se lève de sa chaise, remets sa veste sans me
dérocher un mot, je la regarde.

« T'es vraiment un sale connard. », m'envoie-t-elle en me
jetant de quoi payer son verre sur la table.

Seul,

j'me retrouve encore seul, face à un verre d'eau où deux
cubes de glace fondent.

Elle est revenue, elle est repartie et moi j'm'enfonce.

Devant mon verre, je ne bronche pas, mon téléphone vibre,
j'ai reçu un SMS.

« Dès que je t'ai vu, je ne t'ai pas reconnu, ni ta voix, ni ton
regard et encore moins ton odeur. »

*

C'est vraiment fini.

C'est comme si notre relation n'avait duré que deux jours, le premier et le dernier. Le premier jour où l'on se met avec l'autre, le dernier jour, celui où l'on se quitte. On construit on détruit. On vie on meurt. Entre temps, on comble le vide. Des voyages, un appart, des loisirs, peut-être même des enfants mais tout ça n'est qu'essayer de faire vivre l'amour. On occupe l'autre comme si ce n'était qu'un vulgaire animal, un truc dont il faut tromper l'ennui puis il finit par arriver. L'ennui, et il finit par faire partir monsieur ou madame. Après c'est l'absence que l'on doit combler, c'est encore un vide dans lequel il ne faut pas tomber. Les pieds aux bords du vide ne faut surtout pas s'jeter. C'est bien beau d'vouloir prendre soin de quelqu'un d'autre quand on n'est pas capable de s'empêcher d'se laisser aspirer par les ténèbres.

Pendant longtemps, j'ai cru qu'aller au fond des abysses c'était mieux que d'en parler.

J'sais pas.

En tout cas, faut y aller seul, pas besoin d'emporter qui que ce soit dans notre descente.

L'amour c'est peux être ça finalement, laisser l'autre vivre, ne pas vouloir se l'accaparer à tout prix comme si ce n'était qu'une vulgaire paire d'air-max, j'sais pas, si j'avais la soluce t'façon ça serait trop simple.

J'veux plus jamais voir mon reflet dans les larmes qui coule sur tes joues,

Casse-toi, ne te retourne pas, j'vais faire en sorte que tu m'oublies, que tu me détestes, que tu vives ta vie,

C'est la seule preuve d'amour que j'ai trouvé, c'est la seule façon que j'ai trouvé pour te dire

je t'aime.

Imprimé en Allemagne
Achevé d'imprimer en novembre 2020
Dépôt légal : novembre 2020

Pour

Le Lys Bleu Éditions
83, Avenue d'Italie
75013 Paris